호통판사 천종호의 변명

호통판사 천종호의 변명

초판 1쇄 펴낸날 2018년 4월 5일
초판 8쇄 펴낸날 2022년 5월 16일

지은이 천종호
펴낸이 홍지연

편집 고영완 정아름 전희선 조어진
디자인 전나리 박태연 박해연
마케팅 강점원 최은 이희연
경영지원 정상희

펴낸곳 (주)우리학교
출판등록 제313-2009-26호(2009년 1월 5일)
주소 03992 서울시 마포구 동교로23길 32 2층
전화 02-6012-6094
팩스 02-6012-6092
홈페이지 www.woorischool.co.kr
이메일 woorischool@naver.com

ISBN 979-11-87050-55-1 03810

- 책값은 뒤표지에 적혀 있습니다.
- 잘못된 책은 구입한 곳에서 바꾸어 드립니다.

호통판사
천종호의 변명

APOLOGIA

천종호 지음

우리학교

차 례

3 : 학교폭력과 게토 속의 아이들

4 : 정의를 강물처럼 — 상선약수(上善若水)

5 : 일흔 번씩 일곱 번이라도

심호흡 크게 하고 새로운 길을 나섭니다

… 꿈에도 생각지 않던 소년재판을 맡게 된 후, 지난 8년간 아이들만을 바라보며 걸어왔습니다. 그런데 다시 꿈에도 생각지 못한 인사 발령으로 사랑하는 아이들 곁을 떠나게 되었습니다. 2018년 2월 법원 정기 인사로 소년재판을 떠나게 되어, 언제 다시 소년재판으로 복귀할지 기약할 수 없게 된 까닭입니다.

인사 발령 후 여러 날을 낮에는 무기력증에 시달리고 밤에는 잠 한숨 못 자며 뜬눈으로 지새웠습니다. 8년을 하루도 한순간도 놓지 못하고 가슴에 품고 살아온 아이들을 이제 더 이상 만날 수 없다고 생각하니 삶의 기쁨이 한순간에 통째로 사라지는 듯한 기분이 들었습니다. 가슴 한쪽이 뻥 뚫린다는 말이 단지 수사적 표현이 아님을 온몸으로 실감하였습니다.

2010년 2월 소년재판을 맡았을 당시 소년재판은 대한민국 재판 절차에서 가장 후진적인 영역이었습니다. 관심이 집중되어 있는 수도권과는 달리 지방의 소년재판은 사정이 더욱 열악하였습니다. 창원지방법원의 경우 인력 부족으로 소년재판이 3주에 한 번 열리게 되어 있었는데, 한 번의 기일에 100여 명의 아이들을 재판하였기에, 한 아이에게 3분여가 할애되는 이른바 '컵라면 재판'이 연출되고 있었습니다.

이런 현실이기에 아이들은 법정에서 아무런 경각심도 느끼지 못하고 있었습니다. 그리고 법정 밖에서도 제대로 된 감호를 받지 못하고 있었습니다. 그럼에도 비행과 재비행으로 인한 책임은 모두 그들 자신만의 책임으로 전가되고 있었습니다. 이러한 현실을 그대로 지켜볼 수가 없어서 지난 8년간 소년재판 제도와 그를 둘러싼 환경을 개선하기 위해 동분서주해 왔습니다. 가시적인 성과도 있었습니다만 아직까지 많은 부분이 개선되어야 하는 형편입니다. 특히, 청소년회복지원시설(청소년회복센터)과 6호처분기관에 관한 국가적 차원에서의 예산 지원 문제는 가장 시급히 해결되어야 할 부분입니다.

이러한 재판 환경 문제도 중요하지만, 더욱 중요한 것은 '투명 인간처럼 취급되는 아이들', '우리 사회에서 가장 천박하게 취급되며 그들의 입장을 아무도 대변해 주지 않는 아이들', 이른바 '비행소년들'에 대한 국가와 사회의 인식 개선입니다. 이를 위해서는 누군가가 그들의 입장에 서서 목소리를 내 주어야 하는데, 비행소년들은 범죄자일 뿐이라는 혐오 어린 시선이 일반적인 데다 선거권이 없다는 이유로 누구도 그들을 대변해 주지 않고 있습니다. 이러한 현실이 소년재판의 후진성을 그대로 방치하게 한 것이었습니다.

그러나 아이들은 작은 도움과 격려 한마디에도 삶을 새로 빚어낼 수 있는 존재들입니다. 저 역시 인생의 여정에서 여러 차례 가난과 무관심에 상처받고 좌절했으나 그때마다 저에게 손을 내밀어 준 이들이 있었기에 마음이 부서지는 순간에도 희망을 잃지 않고 앞으로 나아갈 수 있었습니다. 법정 안에서도 법정 밖에서도 제대로 된 보호를 받지 못하는 아이들에게 저라도 대변자가 되어 주어야겠다는 생각을 품게 된 것은 피할 수 없는 소명과도 같았습니다.

이러한 생각으로 저는 법관 퇴직 시까지 소년재판만 하겠다고 국민들 앞에서 공적으로 약속을 하였고, 2017년 국정감사 때도 노회찬 의원의 질문에 다시 같은 약속을 하였습니다. 이런 약속을 할 수 있었던 것은 소년재판이 법조인 경력에 크게 도움이 되지 않으므로 제가 소년재판을 계속하더라도 특혜를 누리는 것이 아니라는 생각 때문이었습니다.

오히려 소년재판은 아래와 같은 특성으로 인해 장기간, 적어도 한 아이가 사춘기를 지나 성인이 될 때까지 지켜봐 줄 수 있는 판사로 하여금 담당하게 하는 것이 좋다고 생각합니다. 그로 인한 당해 판사의 희생은 부득이한 일이겠지만 본인이 자원한다면 얼마든지 가능하다고 생각합니다.

먼저, 소년재판은 미래지향적입니다. 형사재판은 실체적 진실 발견이 목적이므로 '과거'의 사실관계 확정에 중점을 둡니다. 하지만 소년재판은 반(反)사회성을 지닌 소년을 건전한 사회 구성원으로 육성하는 데 무게중심이 있으므로 미래지향적이라고 할 수 있습니다. 다시 말해, 비행을 저지른 소년에 대해 어떻게 처벌할지가 아니라 소년으로 하여금 어떻게 비행에서 벗어나게 할지를 더 중요하게 판단하는 재판입니다.

두 번째로, 소년재판은 소년이라는 '인간'과 그를 둘러싼 '환경'에 중점을 둡니다. 과거 '사실관계'의 확정과 그로 인한 '양형'에 관심이 집중되는 형사재판과는 달리 소년재판에서는 소년의 성행(性行), 학교나 가정에서의 생활 태도 등과 같은 '소년의 품행'과 보호자의 보호 의지나 능력, 가족이나 형제 관계, 가정의 경제력, 교우 관계 등 '소년을 둘러싼 환경'이 처분하는 데 더욱 중요한 요소로 받아들여집니다. 이 때문에 소년재판에서 아이들은 재판의 객체나 당사자를 넘어 주인공으로 취급되어야 합니다. 여러 가지 후견 사업을 실시할 때도 사업 자체나 사업을 실시하는 사람들에게 중점을 두어서는 안 되고 그 중심에는 늘 소년들이 있어야 합니다. 또 소년재판에서는 소년의 '품행'과 그를 둘러싼 '환경'에 대한 깊은 이해가 전제되어야 합니다. 소년들 중에는 가정에서 제대로 된 보살핌을 받지 못하는 아이들이 매우 많습니다. 때문에 적정한 보살핌을 받는 가정에서 성장한 사람들의 시각으로 바라봐서는 결코 그들을 제대로 이해할 수가 없습니다.

세 번째로, 소년재판에서는 처분이 내려진 이후에도 소년부 판사의 역할이 일정 기간 동안 지속됩니다. 형사재판에서는 형벌이 선고된 이후의 집행감독권을 판사가 아니라 교정 당국에 맡기고 있으나, 소년재판에서는 처분의 집행 상황을 감독하고 처분을 변경할 권한을 판사에게 주고 있기 때문입니다. 이 세 번째 부분은 일반 판사들로서는 생소한 부분일 수 있습니다. 그런데 그동안의 집행 상황을 살펴보면 이 부분에 관한 권한을 어떻게 행사하느냐에 따라 소년보호사건의 처리에 있어 큰 차이를 보입니다. 이러한 편차를 줄이기 위해 2016년 3월 1일부터 소년법 제32조에 근거해 제1호, 제6호, 제7호처분이 내려지고 확정되면 '소년집행감독사건'으로 보호처분에 대한 집행 상황을 감독하도록 절차를 마련하였습니다. 이 부분은 바로 사법과 행정이 만나는 접점이기도 합니다. 교육·복지·행정적 시각에서 접근하면 사법부로서도 비행소년들에 관한 복지에 있어 커다란 역할을 수행할 수 있고, 법원의 '후견적 역할'이 빛을 발하는 셈입니다.

마지막으로, 소년재판은 마음으로 하는 재판입니다. 다시 말해, '로고스' 외에도 '파토스'와 '에토스'가 필요한 재판입니다. 보호소년들은 대체로 가정환경이 좋지 않기 때문에 성인범들과 비교해 볼 때 재범률이 높습니다. 하지만 소년들은 살아온 날들보다 살아가야 할 날들이 많은 존재입니다. 이들에게 너무 이른 시기에 낙인을 찍어 버리면 훗날 사회적으로 더 큰 비용을 치르거나 해악을 끼칠 수도 있습니다. 때문에 때가 되면 철들어 바른 사람이 될 것이라는 희망으로 기다리고 또 기다리는 부모의 심정으로 소년들을 대할 필요가 있습니다. 그렇다고 마냥 관용을 베풀 수는 없습니다. 건강한 어른으로 자랄 때까지 때로는 엄정한 아버지의 마음으로 처분을 내리고, 때로는 너그러운 어머니의 마음으로 아이들을 보살펴야 합니다. 이렇게 소년재판을 마음으로 하게 되면 비행에서 벗어나려고 허우적대는 아이들에게 감정이입을 할 수밖에 없고, 그로 인한 정신적 부담은 커져갈 수밖에 없으며, 때로는 정신심리적으로 소진(Burn out)되기도 합니다. 하지만 이는 오랜 기간 동안 이 재판을 담당하는 판사가 감수해야 할 숙명일 것입니다.

2017년 11월, 현직 법관 최초로 '영산법률문화상'을 수상할 때 이사장님을 비롯한 이사진들께서 걱정 어린 질문을 하셨습니다. 이 상을 수여하는 가장 큰 이유가 소년재판 때문인데, 상을 받음으로 인해 저의 전문 영역이 소년재판으로 축소되어 앞으로 제 법조 경력에 누가 되지 않겠느냐는 것이었습니다. 그때 저는 오히려 감사하다고 흔쾌히 대답했었습니다. 상을 수상함으로써 제 입지를 더욱 확고히 알릴 수 있게 되어서 오히려 감사하다고, 소년재판만 계속할 수 있게 해 주신다면 승진도 영예도 필요 없다고 답변을 드렸습니다.

그런데 그러한 약속을 이제 지킬 수가 없게 되어 죄송한 마음 금할 길이 없습니다. 부디 제가 의도적으로 약속을 어긴 것이 아니라는 점만 알아주시면 감사할 따름입니다. 그간의 제 분투와 열망이 인사행정의 벽에 부딪히고 보니, 지난 세월 동안 얼마나 많은 분들의 지지와 응원으로 제가 이 자리에 있을 수 있었는지 새삼 깨닫게 됩니다. 아무런 조건 없이 도움의 손길을 내밀어 주고, 때로는 저를 대신하여 비난을 감수하며 존재감도 없던 무명의 시골 판사 이야기에 귀를 기울여 주고 함께해 준 수많은 이들에 대한 고마움을 이루 다 갚을 길이 없습니다.

이제 예기치 못한 길을 나서며, 지난 8년간 제 속에 품어 온 질문을 여러분과 나누려 합니다. "정의란 무엇인가?", "무엇이 법이며 법은 왜 존재하는가?", "법이 곧 정의인가?" 등 법과 정의의 문제에서부터 "소년법은 왜 존재하는가?", "소년법은 정의 실현을 위해 폐지되어야만 하는가?", "학교폭력이란 무엇이며, 어떻게 하면 학교폭력을 사라지게 할 수 있는가?", "청소년범죄는 엄벌주의만이 해법인가?" 등 소년법을 둘러싼 물음과 학교폭력 문제에 이르기까지 어떤 질문도 가볍거나 단순하지 않습니다. 지난 8년간 소년재판에서 1만 2천 명의 비행소년들을 만나 오면서 이러한 질문의 답을 찾기 위해 고심하고 고민하며 틈날 때마다 공부를 해 왔습니다. 제가 이 모든 질문에 대한 완벽한 해답을 찾았다고 생각하지 않습니다. 다만 나름의 고민을 〈한국일보〉, 〈중앙일보〉, 〈국제신문〉 등에 칼럼 형식으로 기고하면서 해답의 실마리를 제시하고자 하였고, 이를 다시 고치고 다듬어서 책으로 엮게 되었습니다.

책의 제목은 국내에서 '소크라테스의 변명'으로 번역되는 플라톤의 『아폴로기아(Apologia)』라는 책 제목에서 따 왔는데, 아폴로기아는 '변명'보다는 '변론'으로 번역함이 좋습니다. 이번 책은 이른바 '소년범'과 그를 규율하는 소년법에 대한 실상과 이해를 돕기 위해 '소년범의 대부'라 불리는 제가 소년범의 편에 서서 토로하는 변론의 성격을 띠고 있습니다. 이 책을 읽는 여러분과 함께 머리를 맞대고 마음을 모은다면 우리 사회가 한 걸음 더 성숙하고 바람직한 방향으로 나아갈 수 있으리라 기대합니다.

사고무탁 신세가 되어 공원에서 노숙 생활을 하다가 더는 버틸 수 없는 지경에 이르자 어려울 때 연락하라던 제 말이 생각나서 밤새 걸어 법원으로 찾아온 소년이 있었습니다. 안타까운 마음에 아침밥은 먹었는지 물어보니, 다시는 범죄를 저지르지 않기로 한 약속을 지키기 위해 사흘을 굶었지만 절도는 하지 않았다는 대답이 돌아왔습니다.

어쩌면 이 책은 이 소년이 지키려 했던 믿음과 약속에 관한 이야기인지도 모릅니다. 우리 사회가 '법은 모두를 위한 정의'라는 명제를 망각할 때 우리 가운데 가장 힘없고 약한 이들이 고통 받을 것입니다. 그럼에도 우리 사회는 비행과 재비행으로 인한 책임을 오롯이 아이들에게만 전가시키고 있습니다. 소외되고 버려진 아이들이 다시 손가락질 받을 때 이 나라의 법과 정의도 흔들리게 될 것입니다.

이번 인사 발령 후 저에게 재판을 받았던 아이들의 반응은 제 아픈 마음을 어루만져 줍니다.

판사님, 안녕하세요? 저는 둥지청소년회복센터에서 지내고 있는 ○○입니다.

임◇◇ 목사님께서 "천 판사님 이제 소년재판 안 하신다." 라고 말씀하셨을 때 살짝, 조금 놀랐습니다. "에이~ 설마." 하면서 휴대폰을 켜서 페이스북에 들어가 판사님의 타임라인을 봤더니 진짜!!더라구요….

판사님의 호통 소리가 소년들을 살리기도 했고, 그 호통 소리가 누군가에겐 위로였는데…. 이제 판사님의 호통 소리를 못 들을 거 같아 되게 아쉬울 듯해요. 저희 모두가 판사님 응원할게요. 그러니까 우리 소년들 못 보더라도 항상 웃으면서 일해 주세요. 우리들이 힘들지 않게… 걱정 못 하게… 안 하게. ㅎㅎ

저는 판사님께서 어딜 가시든지 지금처럼 열심히 일하실 거라 믿습니다. 천종호 판사님, 이 말만은 잊지 말아 주세요. '판사님은 영원한 우리들의 아버지'라는 말이요.^^ 그리고 판사님이랑 약속한 것들 꼭 지키겠습니다. 검정고시 합격해서 고등학교 다니고, 6개월 처분 내려 주신 것에 진짜 감사하며 보람 있게 하루하루를 보내고 이쁘게 퇴소하겠습니다. 제가 둥지청소년회복센터에 오고 나서부터 우리 가족들이랑 관계 회복을 할 수 있었습니다. 감사합니다, 판사님. 저, 4월 19일 퇴소예요. 꼭 웃으면서 이쁜 모습으로 판사님 앞에 나타나겠습니다. … 그리고 이 말 몇 달 동안 못 하고 있었는데 지난번에 잘하고 있다며 용돈 5만 원 주신 거 진심으로 감사합니다. 퇴소해서도 잘하겠습니다. 절대 가출 안 하겠습니다. 또다시 재판받는 일, 법원 가는 일 없도록 할게요.

판사님~ 항상 건강하시고 항상 웃어 주세요.(찍!) 더 이상 실망시키지 않고 열심히 살아 보겠습니다. 죽을 때까지 판사님 잊지 않겠습니다. 절벽 끝에 섰던 저를 구해 주셔서 감사합니다. 판사님, 2018년에는 힘든 일 슬픈 일 없으시길, 행복한 일만 생기시길 간절히 바라며 마무리합니다.(아부지~ 사랑해요~!)

쑥스럽게 편지를 건넨 아이의 부탁처럼 저는 앞으로도 비행소년들과의 소통의 끈을 놓지 않을 것입니다. 지금까지 그랬던 것처럼 계속 이야기하고 계속 실천하며 아이들의 편에 서려고 합니다. 비록 제가 소년재판을 담당하지 않는다고 할지라도 이 아이들에 대한 도움과 관심의 손길은 끊지 말아 주시기를 간곡히 부탁드립니다.

지난 8년간 저희 집에서는 소외된 아이들과 그들을 보

살피고 있는 청소년회복센터장들에 관한 이야기가 하루도 빠진 적이 없었습니다. 못난 가장으로부터 그들의 사연을 전해 듣고 함께 울어 주고 남몰래 눈물로 기도해 준 아내와 장모님, 가족들에게 진심으로 감사하다는 말을 하고 싶습니다. 책의 교정과 편집을 맡아 준 도서출판 우리학교에도 감사 인사를 드리며, 마지막으로 원고를 꼼꼼히 읽고 살뜰하게 의견을 준 큰딸 유영이에게 고맙다는 말을 전합니다.

2018년 3월

부산에서 천종호

1

법을 넘는 법

어느 소년부 판사의 호통

… 내게는 독특한 별명이 하나 있다. 법정에서 호통을 친다고 하여 붙은 '호통판사'라는 별명이 그것이다. 2013년 창원지방법원 부장판사 시절, SBS 다큐멘터리 〈학교의 눈물〉에 출연했을 때 했던 "안 돼! 안 바꿔 줘!"라는 호통이 깊은 인상을 남겼던 모양인지 지금까지도 답답하고 부조리한 상황에서 사람들은 이를 패러디하곤 한다. 그 당시에는 '사이다 판사'라는 별명으로 불리기도 했는데, 어쩌면 사람들이 나에게 원한 것도 바로 이 사이다처럼 속 시원한 '호통' 한 방이었을 것이다. 법의 다른 이름인 정의의 이름으로 죄지은 자에게 합당한 벌을 내리

는 것, 그것이 국민들이 판사에게 기대하는 가장 기본적인 역할임을 모르지 않기에 충분히 그 마음을 헤아릴 수 있었다.

그러나 내게 호통을 기대하는 이들은 엄숙해야 할 법정에서 내가 왜 호통을 치는지 그 내막에 대해서까지는 잘 모른다. 사실 재판정만큼 호통과 안 어울리는 장소도 없다. 더욱이 재판을 운영하는 판사의 입에서 고함이 터져 나오는 풍경은 어떤 이들에게는 낯설고 기이해 보이기까지 할 것이다. 간혹 TV 드라마나 영화에서 정숙하라고 외치며 법봉을 두드리는 판사는 봤을지 몰라도 호통 치는 판사는 본 적이 없을 테니까.(더구나 법봉은 1966년에 이미 법정에서 사라졌다.) 그 때문인지 사람들은 나를 만나면 으레 그 이야기로 말문을 열곤 한다.

수년 전 KBS 〈아침마당〉이라는 프로그램에 출연했을 때도 그랬다. 진행자인 이금희 씨가 법정에서 호통을 많이 치신다던데 생각보다 인상이 부드럽고 온화해 보인다며 놀라워했다. 또 한 번은 tvN 〈고성국의 빨간 의자〉라는 프로그램에 출연한 적이 있었는데 공동 진행자인 김경란 아나운서가 느닷없이 눈물을 흘리며, 원래는 내성적인 분 같은데 아이들 위하는 마음으로 사람들 앞에 나서는 것 같다고 해서 그때는 내가 놀라기도 했다. 사람을 많이 상대하는 방송인이라서 그런지 내 성향을 첫눈에 알아봤던 것이다.

실제로 내 성격은 다소 내성적인 편이다. 사람들과 어울리기보다 혼자 조용히 지내는 걸 더 좋아하고, 마음도 약한 편이라 눈물도 곧잘 흘린다. '호통'이라는 단어에서 연상되는 강인함이나 매서움과는 거리가 먼 성정인 셈이다. 그러나 내가 운영하는 법정은 내 성정과 달리 몹시 소란스럽다. 잘못을 저지르고도 뉘우칠 줄 모르는 아이들, 부모로서 가장 기본적인 의무인 보호자 역할마저 제대로 하지 못하는 무책임하고 이기적인 부모들, 교육자로서 아이들을 이끌어야 할 책임이 있음에도 사태를 수수방관하거나 제 몸 사리기에만 급급한 선생님들에게 오금이 저리도록 호통을 치는 것도 모자라 '미안하다, 용서해라.'라든가 '죄송합니다.', '사랑합니다.'와 같은 말들을 구호처럼 외치게 하기 때문이다.

이쯤 되면 호통을 즐기는 게 아니냐는 오해를 살 수도 있겠으나 사실은 그런 것이 아니다. 요즘은 그나마 사정이 나아졌지만 소년재판을 처음 시작하던 때만 해도 하루에 100명 가까이 재판을 했었다. 그러다 보니 한 아이에게 주어진 시간이라고 해야 고작 3분 정도였다. 3분이면 이름 한 번 부르고 '니, 이게 맞나? 앞으로는 그러면 안 된다.' 대략 이 정도 말하고 나면 끝이다. 이 이야기를 하자 어떤 분이 3분이면 컵라면 하나 끓이는 시간 아니냐며 앞으론 '컵라면 재판'이라고 불러야겠다고 해서 다 같이 씁쓸하게 웃었던 일도 있었다. 이처럼 한 아이에게 허락된 시간이 너무나도 짧은 소년법정의 여건상 강한 울림을 주는 한편, 아이들이 다시는 법정에 서지 않기를 애타게 바라는 아버지의 마음에서 호통을 치기 시작한 것이다.

신성한 법정에서 웬 소란이냐며 곱지 않은 시선으로 보는 분들도 있겠지만 내막을 알고 나면 지지하거나 응원해 주는 분들이 많다. 실제로 재판 과정을 지켜본 보호관찰소 직원들은 이를 '호통 치료'라고 이름 붙여 줄 정도로 호통이 가져다주는 심리 치료 효과도 크다. 그냥 목청만 높이는 게 아니라 진짜 아이들의 인생을 걱정해서 나오는 호통이기에 아이들에게 진정성 있게 가닿기 때문일 것이다. 이처럼 짧은 시간에 아이들에게 깨우침을 주기 위해서는 사전 준비도 많이 필요하다. 그래서 재판 전에 미리 아이들의 가정환경, 특이 사항을 일일이 다 메모해 놓고 사건에 따라 시간의 장단(長短)을 조절한다. 모든 사건에서 호통을 칠 필요도 없지만, 그렇게 했다가는 하루 종일 해도 그날 주어진 사건을 처리할 수 없기 때문이다. 물론 이 모든 것은 '건전하게 성장하도록 돕는 것을 목적'(소년법 제1조)으로 하는 소년재판이기에 가능하다. 만약 일반 사건에서 이렇게 호통을 쳤으면 '막말 판사'로 법복을 벗어야 했을지도 모를 일이다.

게다가 내가 호통을 치는 것은 대부분 경미한 범죄로 집으로 다시 돌려보내는 아이들이다. 소년원에 보내는 아이들에겐 가급적 호통을 치지 않는다. 이미 무거운 처벌을 받은 아이

"

나의 호통은

법정에 선 소년들이 조금이라도 달라지기를 바라는

내 나름의 간절하고 간곡한 호소이다.

"

들의 마음이 더 가라앉을까 봐서이다. 나는 중한 범죄를 저지른 소년들에게는 그에 맞는 엄중한 처벌을 내린다. 어떠한 경우라도 피해회복은 기본 원칙이기 때문에 그런 과정을 거쳐야만 피해자도 만족할 수 있고, 잘못을 저지른 아이도 자기가 어떤 피해를 입혔는지 깨닫고 뉘우칠 수가 있다. 이런 원칙을 지키기에 때로는 아이들로부터 미움을 사거나 원망의 말을 듣기도 한다. 아이들 사이에서 나는 '천10호'로 통하기도 하는데, 소년원에 2년 동안 보내는 10호처분을 많이 내린다는 의미이다. 나에 대한 원망이 담긴 별명인 셈이다.

문제는 소년원에 보낼 정도로 중대한 범죄를 저지른 아이들만 소년법정에 오는 게 아니라는 것이다. 부모와 학교의 보살핌을 제대로 받지 못한 채 거리를 떠돌다 비행세계에 발을 담그고, 그러다 잡혀 와 소년재판에 넘겨지는 아이들이 훨씬 더 많다. 나의 호통은 이런 아이들이 조금이라도 달라지기를 바라는 내 나름의 간절하고 간곡한 호소이다.

소년법정은 일반 형사법정과는 다르다. 죄의 유무를 따져 처벌하는 데 그치는 일반 형사법과 달리 소년법은 소년의 처벌이 아니라 환경 조정과 품행 교정을 통한 건전한 육성을 목적으로 한다. 다시 말해, 보호소년이 비행과 범죄에서 벗어나 자립적인 사회인이 될 수 있도록 적극적으로 도와야 하는 것이다. 때문에 필요하다면 호통을 빌려서라도 자신의 비행에 대해 스스로 돌아볼 수 있도록 생각할 기회를 갖게 하고, 또 부모와 자식 간의 문제가 있으면 해결할 수 있도록 관계 회복의 단초를 제공하는 한편, 피해자에 대한 피해회복까지 배려한 종합적인 서비스가 이루어져야 한다. 법조문을 적용해 기계적인 판결만 내리는 것이 아니라 삶의 안내자로서 아이들을 비롯한 소송 관계자들이 제자리를 찾도록 도와주는 것. 이것이 내가 지향하는 법관의 모습이다.

판사님은 어떤 소년이었습니까?

… 내가 소년재판을 하게 된 것은 2010년 2월 창원지방법원으로 근무지를 옮기면서부터이다. 처음 소년재판 업무를 시작했을 때는 길어야 2년 정도 맡게 될 거라는 생각으로 출발했는데 자그마치 8년을 했다. 이제 사람들은 나를 '비행소년 전문판사'라고 부른다. 사실 판사가 특정 분야의 재판을 8년 동안 연속해서 한 경우는 없었다. 같은 분야의 재판을 계속하게 하는 것은 관례상 잘 허락되지 않는다. 소년재판은 다행히(?) 비인기 분야라서 가능했다. 퇴직 이후 이른바 '전관예우'의 가능성도 없거니와 법조인 경력에도 별 도움이 되지 않기 때문이

다. 소년사건의 전문가로 소문이 나면 퇴직 이후에 수임할 수 있는 사건은 소년사건이 대부분일 것이다. 그런데 소년법정에서는 아이들 중에 저소득층 또는 빈곤층 가정이 많다 보니 사선 변호사를 선임할 수 없는 형편이라 나에게 의뢰될 사건이 거의 없을 것이기 때문이다.

그럼에도 왜 나는 굳이 소년재판을 고집하는 것일까? 시사평론가 정관용 교수와 인터뷰를 할 때 그가 가장 의아해한 것도 바로 이 부분이었다.

"판사님께서는 왜 앞으로 소년보호사건 쪽으로만 계속하겠다, 마음을 잡수신 겁니까?"

"청소년 정책, 특히 비행소년에 관한 정책은 굉장히 후진성을 면치 못하고 있습니다. 저라도 이렇게 이슈화시켜서 그 아이들을 조금이라도 배려할 수 있고, 그 아이들에게 조금이라도 좋은 환경을 제공해서 단 한 명의 아이라도 비행에서 벗어나게 하고 싶은 마음에 이렇게 하고 있습니다."

"법관으로 계시는 한 이것만?"

"네. 사정이 허락되는 대로 그렇게."

"이 자리에서 대통령부터 시작해서 정부, 그 다음에 국회, 정치인들에게 따끔하게 호통 좀 쳐 주세요."

"호통을 치는 것은 부적절한 것 같고 제가 부탁드리고 싶

"

부모가 없으면 부모 역할을 대신해 줄
누군가가 있어야 한다.
그러나 비행소년들 곁에는
아무도 없다.

"

은 것은 청소년 정책은 단기 성과에 급급해서는 안 되고요, 30년 뒤를 보시고 묘목을 심는 마음으로 해 달라는 것입니다. 그 아이들도 언젠가는 국가에서 필요로 하는 큰 재목이 될 수 있습니다. 30년 뒤를 보시고 묘목을 심는 마음으로, 거목을 생각하는 그 마음으로 청소년 정책을 입안해 주시고 운영해 주셨으면 하는 바람입니다."

"꼭 좀 그렇게 됐으면 좋겠습니다."

"네, 저도 그렇게 되기를 간절히 바랍니다."

〈중앙일보〉 조강수 기자 역시 인터뷰 중에 소년재판 전담을 자청한 것이 사실인지 물었다.

"소년재판 전담을 자청했다던데?"

"내가 강력하게 원했다. 8년째 전담하는 전례가 없다고 한다. 대법원에서 인사위원회까지 열어서 허락해 줬다."

"어린 시절 어떤 소년이었나?"

"부산의 아미동 까치고개에서 어린 시절을 보냈다. 한국전쟁 때 피란민 판자촌이 들어섰던 빈민가다. 아홉 식구가 단칸방에서 생활했다. 지금도 살던 집이 산비탈에 있다. 형제 중 나 혼자 대학을 나왔다. 유일하게 할 수 있는 게 공부였다. 적록색약이라서 이과는 못 가고 문과에 갈 수밖에 없었다. 초등학교 때부터 판사를 꿈꿨다."

나 역시 처음부터 소년재판에 애착을 가졌던 것은 아니다. 오히려 그 반대였다. 창원지방법원 소년부로 인사 발령을 받았을 때까지만 해도 그곳으로 향하는 발걸음이 그리 가볍지만은 않았으니까. 그래도 어쩔 도리가 없으니 딱 2년만 버티자는 심정으로 갔는데, 그곳에서 만난 비행소년들이 내 삶의 방향을 송두리째 바꿔 놓았다. 스치듯 지나쳐 가기에는 그 아이들의 처지가 너무도 안타까웠기 때문이다.

비행소년들이 실제로 처한 환경은 상상할 수 없이 열악하다. 창원지방법원에 있을 때 통계를 내 보니 비행소년의 70퍼센트 이상이 결손가정(구조적 결손 포함) 또는 저소득층, 빈곤층 가정의 아이들이었다. 이러한 통계는 결국 청소년비행의 원인이 보호력 상실에 있음을 보여 준다. 부모가 없으면 부모 역할을 대신해 줄 누군가가 있어야 한다. 그러나 비행소년들 곁에는 아무도 없다. 핵가족마저 붕괴된 우리 사회에서 수많은 아이들이 부모가 없다는 이유로, 또 골칫덩이라는 이유로 공공연하게 버림받고 있는 것이다. 천애(天涯)의 막막함이 남루한 행색을 통해 고스란히 묻어나는 아이들을 보자 가난으로 고통받던 내 어린 시절이 오버랩되었다.

나는 부산 아미동 까치고개, 아미산 자락의 달동네에서

어린 시절을 보냈다. 흔히 달동네를 하늘과 가장 가까운 동네라고들 한다. 높은 지대에 있으니 달과의 거리가 가깝게 느껴져 그렇게 부른다고 했던가. 그런데 아이러니하게도 달동네에서는 달을 보기가 더 어렵다. 창문이 아예 없거나, 있어도 집과 집 사이의 간격이 너무 밭아서 달이 떠도 잘 보이질 않기 때문이다.

내가 가난을 벗을 수 있는 유일한 길은 공부밖에 없었다. 하지만 아홉 명이나 되는 식구들이 비좁은 단칸방에서 부대끼며 살다 보니 공부를 하고 싶어도 여건이 되질 않았다. 그래서 숙제만 겨우 하고 잠자리에 들었다가 가족들이 모두 잠든 새벽에 다시 일어나 작은 상을 방 한구석에 펴 놓고 공부를 해야 했다. 그러다 힘이 들면 집 근처에 있던 교회로 달려갔다. 교회의 장의자는 공부를 하다가 누울 수 있어서 좋았다. 그렇게 어렵사리 공부를 했지만 가난의 그늘은 깊고 길었다. 세월이 흘러 고등학교 3학년을 마칠 즈음이 되었지만 대학 입학을 포기해야 할 만큼 집안 형편은 여전히 어려웠다. 재수나 사립대는 언감생심이었고, 간다면 국립대학엘 가야 하는데 여러모로 서울 소재 대학에 입학할 형편이 되지 않아 차일피일 결정을 미루고만 있었다. 그러다 결국 원서 접수 마감 날이 되어 자포자기 상태로 아미동 고개에서 자갈치 시장 쪽으로 터덜터덜 걸어서 내려오고 있었는데 학교 친구 한 명이 나를 불렀다.

원서 접수 마감 시간 다 됐는데 뭐 하냐고 묻기에 내 처지에 무슨 대학이냐고 말했더니 그 친구가 “야, 무슨 소리야. 서둘러!”라고 하며 내 손목을 잡아끌고 근처 서점으로 갔다. 그때는 서점에서 입시 원서를 팔았는데 부산 사람이면 다 아는 ‘문우당’이라는 서점이었다. 그렇게 친구 손에 이끌려 엉겁결에 원서를 산 뒤 모교인 부산남고에 들러 지원서를 작성해 부산대에 갔다. 그때가 접수 마감 30분 전이었으니 만약 그 친구의 도움이 없었더라면 지금과는 전혀 다른 삶을 살고 있을지도 모를 일이다. 얼마 전, 지금은 세무사가 된 친구를 사람들에게 소개할 기회가 있어 그 시절 이야기와 함께 ‘하늘이 보내준 천사’라고 얘기하니 내가 그랬느냐며 그가 멋쩍게 웃었다. 나는 기회가 있을 때마다 아이들에게 이 이야기를 들려주며 우리의 작은 배려가 누군가에게는 삶의 전환점을 마련한다고 말하곤 한다.

가난은 삶의 의지를 꺾는 무서운 질병과도 같다. 맑은 가난도 있다지만 삶의 태도를 청빈으로 삼는 것과 배를 곯는 가난을 같은 선상에 놓을 수는 없다. 나는 지금도 가끔씩 부모와 형제, 친구와 이웃의 도움이 아니었다면 내가 과연 그 시절을 버틸 수 있었을까 되돌아보곤 한다. 중학교 시절, 끼니를 거르고 있을 때 라면 한 박스를 들고 누추한 집으로 찾아와 주신 분, 2차 사법시험을 치러 서울로 갈 때 쌈짓돈을 털어 건네던 고등학교 동기와 선후배들은 평생 잊지 못할 사람들이다. 아무

것도 가진 게 없는 내가 다른 사람의 도움이 없었다면 어떻게 여기까지 올 수 있었겠는가. 이렇게 여러 사람들이 나눠 주고 보태 준 마음 덕분에 스물아홉 나이에 사법시험에 합격할 수 있었다.

나는 어린 시절부터 꿈이 줄곧 판사였다. 그런데 정작 판사가 된 뒤에는 모두 잊고 살았다. 다들 그런 것처럼 적당히 판사 생활을 하다가 훗날 변호사 개업을 하리라 마음먹고 있었다. 형제자매 중 누구도 대학을 나온 이가 없기에 돈을 벌어 조금이나마 도움을 주고 싶었기 때문이다. 그래서 한때는 사교를 명분으로 날마다 술자리를 쫓아다닌 적도 있었다. 그런데 보다 못한 아내가 어느 날 제동을 걸었다. "당신 이러려고 판사 된 거 아니잖아." 순간 망치로 한 대 얻어맞은 듯 정신이 번쩍 들었다. 여기까지 오는 동안 고달픈 시간도 많았지만 그렇다고 출세나 돈을 위해 법관이 되려고 하지는 않았었다. 시험을 준비할 때까지만 해도 왜 공부를 하느냐고 물으면 힘들고 어려운 사람을 돕기 위해서라고 말하곤 했었다. 무심결에 내뱉은 말이었지만 거짓은 아니었다. 가난의 횡포를 누구보다 잘 알기에 어떤 형태로든 어렵고 힘든 이들을 돕고 싶은 마음이 늘 가슴 한쪽에 자리하고 있었으니까. 그런데 아내가 그 마음을 다시 일깨워 준 것이다.

아내는 내게 소금 같은 사람이다. 때로 달달한 말과 분위기에 휩쓸려 정신이 흐려질라치면 언제나 쨍하고 분명한 말로 내가 서 있어야 할 자리를 일러 준다. 대학 후배인 아내와는 시험 준비를 하다가 만났는데, 아내 역시 나처럼 가난한 집 딸이었다. 사범대를 나온 아내는 교사 임용고시, 나는 사법시험을 준비하고 있었는데 처지가 비슷해서인지 서로 마음이 잘 통했다. 우리는 누가 먼저 합격하든 한 사람이 시험에 합격하면 다른 사람을 공부에만 전념할 수 있도록 지원해 주기로 약속을 했다. 다행히 내가 먼저 합격을 했는데, 시험에 합격하고 나자 주위 상황이 묘하게 돌아갔다. 달라진 분위기가 자칫 아내에게 상처가 될 수도 있겠다 싶어 무일푼의 상태에서 바로 결혼을 했다. 그리고 결혼식을 치른 지 2주 만에 이삿짐 용달차에 몸을 싣고 빌린 돈으로 마련한 서울 봉천동 반지하방에서 신혼살림을 시작했다. 살림이라고 해 봐야 처녀 총각 때 입던 옷가지와 결혼 선물로 받은 가재도구 몇 개가 전부였지만 세상을 다 가진 듯 마음만은 넉넉했던 시절이었다.

아내의 쓴소리는 지금도 여전해서 몇 년 전 내가 첫 책을 냈을 때도 아이들 이야기 가지고 쓴 책 인세는 당신 것이 아니니 함부로 쓸 생각 말라며 못을 박았다. 사실 아직도 달셋방에서 살아가는 누나들과 형제 중 나로 인해 가장 큰 희생을 치른 바로 아래 동생에게 일부라도 주려는 마음이 있었는데 옳은 말을 하니 들을 수밖에 없었다. 결국 인세 수입도, 상금도 전부

"

내가 법정에서 만나는

안타깝고 고된 영혼들은

사랑과 믿음이 아니면 변할 수 없다.

그렇게 조금씩 변해 가는 아이들이야말로

어쩌면 우리 곁의 자말이 아닐까?

"

아이들을 위한 사업에 기부했다. 다행인 것은 형제들 누구도 섭섭해하지 않는다는 것이다. 우리는 대개가 소시민으로 살아간다. 내 형제들도 그렇다. 그런 형제들이 내가 하는 일을 이해해 주고 넉넉하지는 않아도 늘 나눠 쓰려 하니 참으로 고마운 일이다.

조강수 기자는 나를 인터뷰하며 영화 〈슬럼독 밀리어네어〉의 주인공 '자말 말릭'을 떠올렸다고 했다. 과분한 언급이다. 자말은 아시아에서 가장 큰 빈민굴에서 자란 소년이지만 위기를 기회로 삼는 낙천성, 타인에 대한 배려와 인간애, 무엇보다 용기를 잃지 않고 양심을 지키려는 굳은 의지를 가지고 자신의 삶이 걸린 문제들을 하나씩 통과해 나간다. 숱한 어려움 속에서도 내면의 빛을 잃지 않는 자말. 그는 인간 영혼의 위대함을 보여 주는 작은 영웅이다. 그러나 내가 법정에서 만나는 안타깝고 고된 영혼들은 사랑과 믿음이 아니면 변할 수 없다. 그렇게 조금씩 변해 가는 아이들이야말로 어쩌면 우리 곁의 자말이 아닐까? 인생을 살아가면서 끝까지 지켜내야 하는 용기와 양심, 그리고 희망과 믿음을 우리에게 가르쳐 주기 때문이다.

법관의 독립

… “판사는 판결로 말한다.”라는 말에서 엿볼 수 있듯이 판사 본연의 임무는 재판이다. 그래서인지 비행소년들에게 도움이 될 수만 있다면 무엇이든 마다하지 않고 법정의 울타리를 넘는 나에게 “정치인이 되면 모든 일이 훨씬 수월할 텐데 정치할 의향은 없는가, 있는 것 아닌가?”라는 질문이 날아들기도 한다. 그럴 때마다 나의 대답은 명확하다.

“전혀요. 무슨 말씀이신지는 압니다만, 법조인이 법복 벗었다고 부와 권력에까지 욕심내면 안 되죠. 저의 믿음과 일치하지도 않고요. 저는 비행소년을 비롯해 법조인이 되려는 후대들에게 모범이 되는 판사의 삶을 살고 싶을 뿐입니다."

적어도 판사라면 부와 권력과 명예를 동시에 추구해서는 안 된다고 생각한다. 판사는 국민으로부터 '재판을 할 권한'을 위임받은 사람이다. 그런데 그 권력을 자신의 것으로 착각하고 이를 통해 부를 쌓거나 공명심을 채우려 한다면 그는 더 이상 국민의 봉사자로서 재판에 충실할 수가 없기 때문이다.

재판은 판사직의 본연이다. 따라서 판사 직책을 수행하는 동안 재판 업무에서 한 번도 떠난 적이 없다면 그는 판사 본연의 업무에 충실했다는 데 대한 자긍심을 가져야 한다. 그리고 우리 사회는 판사의 지위고하를 막론하고 본연의 직에 오래 충실했던 판사를 자랑으로 삼아야 한다. 왜냐하면 그는 법과 양심을 지키기 위해 누구보다도 많은 고뇌의 시간과 불면의 밤을 보내며 국민의 봉사자로서의 사명을 수행하고자 했기 때문이다.

헌법 제103조는 '법관은 헌법과 법률에 의하여 그 양심에 따라 독립하여 심판한다.'고 규정하고 있다. 이는 '법관의 독립'을 보장하기 위한 준엄한 선언이자, 사법부 독립의 출발점이다. 법관이 갖추어야 할 미덕 중 가장 중요한 것은 '공정함'인데, 재판에서 이것이 보장되지 않으면 진실이 왜곡되고 정의가 실현되지 못할 가능성이 크다. 이 때문에 헌법은 법관의 독립을 특별히 규정해 두고 국민과 법관 모두 이를 지켜낼 것을 요구하고 있는 것이다.

법관이 독립해서 결론을 내리기까지 정서적으로 곤란한 상황에 직면할 수가 있는데, 이를 무사히 극복해야만 법관의 독립을 위한 기초를 이루었다고 할 수 있다. 먼저, 법관은 권력기관이나 여론과 같은 외부로부터의 압력에서 비롯되는 '두려움'을 이겨내야 한다. 특히 최근에는 SNS의 발달로 실시간으로 재판에 대한 다양한 의견들이 제시되고 있고, 어떤 의견들은 법관들의 마음을 심하게 흔들기도 한다. 더구나 재판결과에 대한 책임은 누구도 대신해 줄 수 없는 당해 법관만의 것이기에 사회적 갈등이 극심한 상황에서는 '법관은 여론 앞에 홀로 선 자(獨者)'로서 혼자서 모든 비난을 감당해야 한다. 따라서 법관의 여정에는 꽃길을 기대하지 않는 것이 현명할지도 모른다.

다음으로, 동료나 선후배 혹은 지인들의 청탁을 거절함에 따른 인간관계의 단절에서 비롯될 '고독'도 각오해야 한다. 법관도 인간이기에 사람과의 만남과 사회적 관계 유지를 그만둘 수가 없다. 하지만 그로 인하여 법관 윤리에 위배되는 일이 발생해서는 안 된다. 만일의 경우에는 읍참마속(泣斬馬謖)의 심정으로 사사로운 정을 물리칠 수가 있어야 하고, 그에 따른 결

“

법관은

양심에 따르지 못함으로 인해 생기는

마음의 '불편함'을

정직하게 받아들여야 한다.

”

과도 겸허히 받아들일 수 있어야 한다.

법관은 이러한 곤란을 극복하고 헌법과 법률이 대표하는 '법'과 '양심'에 따라 재판을 함으로써 최종적으로 법관의 독립을 이루게 된다. 그러면 헌법에서 규정하고 있는 '양심'은 무엇인가? 헌법재판소는 양심을 '어떤 일의 옳고 그름을 판단함에 있어 그렇게 행동하지 않고는 인격적 존재 가치가 파멸되고 말 것이라는 강력하고 진지한 마음의 소리'라고 정의한다. 이는 법관이 준수해야 할 '직책상의 윤리'를 넘어서는 것이다. 자신의 결론과는 다른 결론을 선언하는 상급심의 판단에 따르는 것, 자신의 사상과는 다른 사상적 배경 아래 내려진 헌법재판소의 결정에 따라 법률을 적용하는 것은 법관의 양심의 문제가 아니라 법관이 직책상 지켜야 할 윤리 문제라고 나는 생각한다. 그렇다면 과연 무엇이 법관의 양심일까?

나는 1년의 해외연수 기간을 제외하고는 지난 21년간 재판 업무에서 떠난 적이 없다. 그런 의미에서 판사 본연의 임무에는 충실했다고 할 수 있겠으나 사건을 종결시키고 난 뒤에 '불편함'을 느끼게 되는 경우가 간혹 있었다. 음주운전 사고로 사람이 죽은 사건에서 위자료 산정기준에 따라 위자료를 정했는데 그 액수가 너무 낮다고 유족들이 항변할 때, 식당에서 고작 몇만 원의 돈을 훔친 피고인에 대하여 이전의 범죄 전력 때문에 과하게 느껴지는 형을 선고할 수밖에 없었을 때, 가정 해체로 폐지를 주워 생활하시는 할머니와 함께 살면서 용돈이 부족하여 절도를 한 소년을 거두어 주는 곳이 없어 할머니에게 다시 맡길 수밖에 없을 때, 거꾸로 보호할 사람이 없어 비행을 저지른 아이를 대안가정에 맡겼는데 부모가 없어 자신을 차별한다며 울음을 터뜨리는 아이를 보았을 때, 절도죄의 피고인인 임신한 소녀를 집으로 돌려보내지 않고 실형을 선고했는데 수형생활 중에 아기를 출산했다는 소식을 들었을 때가 그런 경우이다.

이 불편함은 사건을 종결시키기까지 최선을 다했고, 사건을 처리함에 있어 공정함도 유지하였으며, 최종 결론이 법에 위반되지 않는데도 불구하고 마음의 평정을 깨뜨리는 '세미한 음성'으로 찾아든다. 이런 감정의 습격을 받을 때면 새벽 동틀 때까지 잠을 설치기도 한다. 어쩌면 이 불편함의 근원이 바로 양심이 아닐까?

주로 외부의 상황에 영향을 받는 '두려움'이나 '고독감'과는 달리 '불편함'은 내면, 다시 말해 양심에서부터 비롯된다. 법관은 양심에 따르지 못함으로 인해 생기는 마음의 '불편함'을 정직하게 받아들여야 한다. 사건을 처리할 때 누적된 선례와 사회적 관습에 따라 결론을 내리는 것이 더 이상 참기 어려운 마음의 불편함을 초래할 때가 있을 것이다. 그때 그 불편함을 해소할 길이 달리 없다면 당해 사건에서 적용될 법률에 대해 위헌심판을 제청하거나 제도의 개선을 요청하는 등 양심의 소리에 따라 행동할 수 있어야 한다. 이것이 바로 국민 전체의 봉사자로서 책임을 다하는 법관의 진정한 모습이다.

법에도 눈물이 있다

··· 사람들은 범죄자를 혐오한다. 그런 면에선 소년범도 예외가 아니다. 그 때문인지 비행 초기 소년들의 안타까운 실상을 알리고 그들의 처우를 개선하기 위해 많은 분들을 만나 오면서 가장 자주 들었던 이야기 중 하나가 비행소년들을 엄벌해야 하지 않겠느냐는 것이었다. 물론 사안에 따라 엄벌도 필요하다. 나 역시 심각한 비행을 저지른 소년들에게는 소년법에서 정한 가장 엄중한 처벌을 내리고 있다. 그런데 앞서 말했듯이 전체 소년범죄 사건 중에서 학교폭력, 살인, 성폭행 등 중범죄 사건이 차지하는 비율은 일반인들의 예상과 달리 아주 낮은 수

준이다. 이러한 사건보다는 소위 '생계형' 범죄 사건이 훨씬 더 많은 편인데, 이 중에는 자전거를 훔친 중학생이 있는가 하면, 배가 고파 과자를 훔친 어린 소년도 있다. 현대판 장발장인 셈이다.

법이 내리는 판결은 서릿발처럼 엄중하다. 그러나 법에도 눈물이 있다. 피해 정도가 경미하고 응당한 처분과 함께 피해자로부터 용서를 받은 아이들에게는 기회를 주어야 한다. 이러한 아이들까지 무차별적으로 엄벌에 처하는 것은 사회적으로 범죄자를 양산하는 꼴밖에 되지 않기 때문이다. 더 나아가 무거운 범죄를 저지른 아이들에게도 무조건 비난의 화살을 쏘기 전에 우리 스스로에게 먼저 물어야 하지 않을까? 그 아이들이 버려진 거리에서 그토록 황폐한 모습으로 살아갈 동안 우리는, 또 우리 사회는 무엇을 하고 있었는지. 그것이 어른다움이자 성숙한 사회가 마땅히 지녀야 할 품격이라고 생각한다.

장발장은 빵을 훔쳤다가 19년이나 감옥 생활을 해야 했다. 탈옥 시도로 인해 형이 더 길어졌다고는 하지만 빵 한 덩이를 훔친 대가치고는 가혹하리만큼 긴 시간이었다. 이쯤 되면 제아무리 선량한 사람이라도 세상에 대한 원망이 없을 수 없을 것이다. 이런 장발장을 새로운 길로 안내한 것은 한 신부님의 자비였다. 만약 그 신부마저 장발장을 혐오스러운 눈길로 바라봤다면 우리가 아는 마들렌 시장은 탄생하지 않았을 것이다.

우리 사회의 어린 장발장들은 지금 기로에 서 있다. 그들이 자라서 사회의 골칫거리가 될지 든든한 동량(棟梁)이 될지는 우리들의 선택에 달려 있는 것이다.

도덕적 부담감을 주려는 것이 아니다. 내가 평소 자주하는 말 중에 '한 사회의 수준은 그 사회의 가장 낮은 곳에 의해 결정된다.'는 말이 있다. 비행소년은 우리 사회의 가장 낮은 곳에 처한 사회적 약자이자 누군가의 도움을 절실히 필요로 하는 아이들이다. 그런 아이들을 외면하고 방치하면서 미래에 대해, 희망에 대해 말한다는 것은 요즘 말로 '아무말 대잔치'에 다름 아니다. 돌부리에 걸려 넘어진 아이를 나무라기만 하는 부모는 없다. 혹여 나무라더라도 먼저 손을 내밀어 아이를 일으킨 다음에 주의를 주는 것이 마땅한 태도일 것이다. 무엇보다 아직 어린 소년들에게는 변화 가능성이 남아 있다. 소년법이 '용서와 관용'을 전제로 하는 것도 바로 이 때문이다.

그러나 현실은 차갑기만 하다. 비행소년이라고 하면 무조건 색안경을 끼고 바라보는 사람들이 많기 때문이다. 내가 실제로 법정에서 만난 소년들은 대부분 가정 해체로 인해 마음에 상처를 입은 평범한 아이들이었다. 그런 아이들은 가족관계만 회복되면 금세 제자리를 찾아가는 경우가 많다.

2017년 12월, 그해의 마지막 재판에서 만난 소년도 이와 같은 경우였다. 그동안의 피로가 누적된 탓인지 몸살감기가 찾

“

법이 내리는 판결은 서릿발처럼 엄중하다.

그러나 법에도 눈물이 있다.

피해 정도가 경미하고 응당한 처분과 함께

피해자로부터 용서를 받은 아이들에게는

기회를 주어야 한다.

”

아와 콜록거리며 재판을 하고 있는데 갑자기 보호자와 함께 온 조그만 여자아이가 소년에게 쪼르르 달려가 안기는 게 아닌가. 아마도 한동안 보지 못했던 오빠를 이곳에서 만나자 반가운 마음에 그리했으리라. 천진난만한 아이의 모습에 순간 가슴이 아려왔다. 한편 법정에 선 소년은 어머니의 재혼으로 방황하다가 가출을 한 뒤, 생활비를 마련하기 위해 인터넷 물품판매 사기를 계획하던 중 어머니의 명의를 도용해 은행 계좌를 만들려다가 발각되어 재판을 받게 된 것이었다. 이 소년은 경찰 조사를 거치지 않고 바로 법정에 서게 된 경우였는데, 아들이 더 이상 비뚤어지지 않기를 바라는 마음에 어머니가 은행 측의 동의를 받아 '소년보호재판 통고제(비행소년의 죄를 경찰이나 검찰 조사 없이 곧바로 법원에 알려 재판을 받도록 하는 제도)'를 신청했기 때문이다. 아직 중학교 2학년밖에 되지 않은 아들을 보호하려는 어머니의 마음이 느껴졌다.

재판을 하다 보면 다양한 인간 군상과 만나게 되는데, 소년법정에서는 우리 시대 가족의 모습과 마주하게 된다. 특히, 위기 가정이나 문제 가정이 많다 보니 가족들 간의 관계 회복을 위해 내 나름의 방안을 고민하게 된다. 그중 하나가 앞서 말한 것처럼 '미안하다, 용서해라.'라든가 '사랑합니다.', '감사합니다.'와 같은 구호를 외치게 하는 것이다. 관계에 문제를 겪는 가족에게 평소 잘 표현하지 않는 사랑의 감정을 드러내도록 하면 의외로 갈등이나 문제가 쉽게 해소되는 경우가 많기 때문이다. 더욱이 이 소년은 새아버지의 각별한 보살핌에도 불구하고 어머니의 재혼이 상처가 된 경우였기에 어머니와의 관계 회복이 급선무라는 생각이 들었다. 그래서 소년에게 '어머니 사랑합니다, 감사합니다.'를 열 번 외치도록 하였다. 소년이 차가운 겨울 법정 바닥에 꿇어 앉아 나지막이 외쳤다.

"어머니 사랑합니다, 감사합니다."

"어머니 사랑합니다, 감사합니다."

…

"어머니 사랑합니다, 감사합니다."

그 다음 소년의 어머니에게도 '○○야 사랑한다.'를 열 번 외치게 하였다. 어머니가 소년의 여동생을 품에 안고 울면서 외치기 시작했다.

"○○야 사랑한다."

"○○야 사랑한다."

…

"○○야 사랑한다."

엄마가 우는 것을 본 소년의 여동생이 고사리 같은 손을 들어 엄마의 눈에 흐르는 눈물을 닦아 주었다. 세 번째도, 네 번째도, 소년의 여동생은 엄마의 외침이 끝날 때까지 계속해서 눈물을 닦아 주었다. 그리고 마지막에는 "엄마 울지 마."라고 하며 엄마를 꼭 껴안고 위로해 주었다.

어머니의 외침이 끝난 뒤 세 사람은 서로 부둥켜안고 울었다. 이 서글프고도 아름다운 광경에 주책없이 그만 눈물을 쏟고 말았다. 법정에 함께 있던 국선보조인, 참여관, 실무관, 경위도 눈물을 떨구었다. 이들이 함께 돌아가 따듯한 집에서 연말을 맞이하기를 마음속으로 빌었다.

새 법복을 받으며

… 판사 법복을 입고 생활한 지 어느새 21년이 흘렀다. 나는 1994년에 사법시험에 합격해 사법연수원을 거친 뒤 1997년 2월 27일에 판사로 임명되었다. 그리고 2007년 2월 27일에 이어 2017년에 다시 연임 발령을 받았다. 10년 주기로 맞이하는 법관의 연임 발령은 그 의미가 남다르기도 하지만 이번에는 첫 번째 연임 발령 때와 달리 새 법복을 지급해 주는 의식이 있어 감회가 남달랐다. 무엇이든 오래 함께하다 보면 정이란 게 깃들기 마련이다. 그런데 법복만큼은 예외인 듯싶다. 그도 그럴 것이 아무리 오래 입어도 내 것이 될 수 없는 옷이 바로 법복이

“

아무리 오래 입어도
내 것이 될 수 없는 옷이 바로 법복이다.
법복은 국민들로부터
잠시 빌려 입은 옷이기 때문이다.

”

다. 법복은 국민들로부터 잠시 빌려 입은 옷이기 때문이다.

대한민국의 법관은 '대법원장', '대법관', 그리고 '대법원장과 대법관이 아닌 법관'으로 나뉜다. 대법원장과 대법관이 아닌 법관을 '판사'라고 하는데, 그 임명 절차는 대법원장이나 대법관 임명 절차와는 사뭇 다르다. 대법원장은 국회의 동의를 받아 대통령이 임명하고, 대법관은 대법원장의 제청으로 국회의 동의를 받아 대통령이 임명한다. 하지만 판사는 인사위원회의 심의를 거치고 대법관 회의의 동의를 받아 대법원장이 임명한다.

그럼에도 판사의 권한은 주권자인 국민으로부터 나온다. 대통령이나 국회의원처럼 투표로 선출되는 것도 아니고, 다른 선출직 공무원처럼 인사청문회를 거치는 것도 아닌데 판사의 권한이 왜 국민에게 있는 것일까? 이는 헌법 제1조 2항에 '대한민국의 주권은 국민에게 있고, 모든 권력은 국민으로부터 나온다.'고 명시되어 있기 때문이다. 국민이 직접 임명을 하는 것은 아니지만 판사 권한의 '민주적 정당성'의 근거는 바로 국민주권에 있는 것이다.

물론 어떤 사람들은 판사의 임명 과정에서 주권자의 개입이 직접적이지 않다는 점을 들어 민주적 정당성에 의문을 표할 수도 있을 것이다. 실제로 민주적 정당성을 강화할 장치를 두어야 한다는 주장이 간혹 제기되기도 한다. 그 때문인지 우리 헌법은 법관에 대해 '종신직'이 아닌 '임기직'을 채택하고 있다. 헌법 제105조에 따르면 대법원장의 임기는 6년으로 하되 중임할 수 없고, 대법관의 임기는 6년으로 하되 법률이 정하는 바에 의하여 연임할 수 있으며, 판사의 임기는 10년으로 하되 법률이 정하는 바에 의하여 연임할 수 있다고 규정하여 법관의 임기를 명시적으로 밝히고 있다. 따라서 판사의 경우, 계속 판사직을 수행하려면 반드시 대법원장으로부터 연임 발령을 받아야만 한다. 그렇지 못하면 임기 만료로 판사직에서 물러나야 하는 것이다.

결국 법복의 대여 기간도 길어야 10년인 셈이다. 무엇이든 빌리는 것에는 그만한 책임이 따르기 마련이다. 판사가 10년 동안 국민들로부터 신분과 권한을 위임받아 법정에서 소임을 다하는 것처럼, 법복을 빌려 입게 한 것도 그 권위에 기대어 잠시 빌린 것이라는 걸 잊지 말라는 뜻 아니겠는가? 이렇게 볼 때 판사직, 나아가 사법부에 대한 민주적 정당성을 보장받는 길은 주권자로부터 신뢰와 지지를 얻는 일일 것이다. 그러나 우리 국민의 사법부에 대한 신뢰도는 그리 자랑할 만한 것이 못 된다.

지난 20년간 사법부에 몸을 담고 있으면서 사법부의 신뢰를 쌓는 일이 신들의 일에 끼어들다가 벌을 받아 언덕으로 돌을 굴려 올리는 일을 무한 반복하는 시지프스와 같다고 생각한 적이 많다. 시지프스가 사력을 다해 언덕 정상을 향해 돌을 밀어 올리지만 그 돌이 어처구니없게도 정상 부근에서 다시 아래로 굴러 떨어져서 같은 고행을 끝없이 반복해야 하듯이 사법부의 신뢰 쌓기도 그런 과정을 되풀이해 오고 있다는 느낌을 지울 수가 없다. 하지만 그렇다고 해서 국민들의 신뢰 확보를 포기할 수도 없는 노릇이다. 민주적 정당성을 포기하는 순간 사법부의 존립 근거가 사라지기 때문이다. 가혹한 운명 속에서도 묵묵히 자신에게 주어진 임무를 다함으로써 결국 자신의 존재 가치를 증명해 낸 시지프스처럼 법관으로서의 소임을 다할 수밖에.

두 번째 연임 발령으로 다시 10년간 판사직을 수행할 수 있게 되었고, 이제 9년이 남았다. 21년, 특히 지난 8년 동안 소년부 판사로서 무탈하게 판사직을 수행할 수 있었던 것은 많은 분들의 도움 덕분이다. 이 자리를 빌려 그분들에게 다시 한 번 감사드린다. 옷을 갖춰 입는 것은 일종의 의식이다. 법복을 입는 행위도 마찬가지다. 법복을 입는다는 것은 법관의 마음가짐을 보여 주는 형식이자 법정과 판결 앞에서 예의를 갖추는 일이 될 것이다. 다시 법복을 빌려 주신 국민들에게 깊이 감사드리며, 새 법복에 부끄럽지 않은 차용인이 되기를 소망한다.

2

소년법을 위한 변론

광장으로 불려 나온 소년법

… 2017년 9월, “나 심해?”, “교도소 들어갈 것 같아?”라는 글과 함께 피범벅이 된 중학생 여자아이의 사진 한 장이 SNS를 타고 온 나라에 빛의 속도로 전송되었다. 십 대 소녀들이 여덟 살 초등학생을 무참히 살해한 일의 충격이 채 가시지 않은 때라 국민들의 공분은 순식간에 하늘을 찔렀다. 소년법 폐지를 요구하는 목소리에 힘이 실렸고 급기야 정부에서도 소년법에 대한 전면 재검토를 약속했다.

어쩌다 일이 이 지경에까지 이르렀을까? 세간의 말처럼 청소년범죄가 도를 넘어섰기 때문일까? 그게 전부는 아니었을 것이다. 무릇 공분은 사회적 합의를 전제로 한다. 오랜 시간 동안 우리 국민들은 '정의'에 목말라 있었다. 묵묵히 법과 질서를 따르는 사람은 손해를 보고, 이를 어기고 무시하는 사람들이 보란 듯이 잘사는 세상, 제 이익을 위해 미꾸라지처럼 법을 악용하고 빠져나가는 이들에게 돈과 권력이 주어지는 세상은 정의롭지 못하다. 그런 세상에서 아직 어리다고 여겼던 청소년들마저 법을 가볍게 여기고 조롱한다고 느끼자 그동안 눌러 왔던 분노가 폭발했을 것이다. 나 역시 참담한 마음을 금할 길이 없었다.

'부산 여중생 폭행사건'으로 촉발된 소년법 폐지 청원은 순식간에 청원자가 20만 명을 넘어섰다. 청소년보호법과 혼동했으나 그 내용이 동일한 청원을 포함하면 청원자는 무려 40만 명에 달했다. 소년법을 광장 한복판으로 불러낸 것이다.

> "청소년이란 이유로 법을 악용하는 잔인무도한 청소년들이 늘어나고 있습니다. 소년법은 반드시 폐지되어야 합니다."
>
> "대한민국 국민은 우리 아이들을 보호하는 청소년보호법은 원해도 성인 흉악범죄를 능가하는 청소년 범죄자의 처벌을 면하게 해 주는 소년법은 원하지 않습니다."

소년보호재판의 근거가 되는 소년법이 이처럼 법조계

안팎에서 주목을 받았던 적은 없었다. 법조문 하나를 둘러싸고도 활발한 해석이 오가는 여타의 분야와 달리 소년법은 이렇다 할 권위자조차 없는 형편이다. 아마도 이권과는 거리가 먼 분야이기 때문일 것이다. 그 때문인지 소년보호처분에 관련된 법과 시설은 오늘날 대한민국의 위상에 걸맞지 않게 터무니없을 정도로 후진적이다. 이런 사정을 잘 알기에 지난 8년간 소년법과 관련된 잘못된 제도와 관행을 고치기 위해 전국의 강연장과 방송국 등 나를 불러 주는 곳이면 어디든 마다치 않고 달려갔다. 하지만 위정자와 국민들은 소년법에 대해 관심을 보이지 않았다. 아니, 냉담했다고 해야 옳은 표현이 될 것이다. 그런 반응을 대할 때마다 한없이 어깨가 처지곤 했다. 소년범도 우리나라의 청소년이고, 청소년 문제는 곧 우리 사회의 미래와 직결되는 문제임에도 이처럼 무관심하다는 것이 도통 이해가 되지 않았다. 그런데 부산 여중생 폭행사건을 기화로 느닷없이 소년법이 광장으로 불려 나온 것이다.

국민들의 뜨거운 청원 열기에 언론은 연일연야 나를 소환했다. 정치인도 아니고 관료도 아닌 소년부 판사에게 답을 구한 이유는 무엇이었을까? 아마도 잘못을 저지른 아이들을 엄하게 꾸짖고 부모와 교사들까지 따끔하게 훈계하던 내 모습을 떠올렸기 때문이리라. 그런 기대를 잘 알기에 인터뷰에 응하고, 기고문을 쓰고, 태스크포스(TF)에 참여하는 와중에도 나의 이름이 호명된 까닭과 나를 불러 준 국민들의 마음이 갈수록 무겁게 다가왔다. 기자와 앵커들은 날카롭게 물었다. 다음은 〈김현정의 뉴스쇼〉 진행자인 김현정 씨와의 일문일답이다.

"확인해 주실 것이, 만 10세 미만이면 아예 아무 책임도 묻지 않고, 14세 미만이면 형사처벌이 불가능한 대신 보호처분의 대상이 되고, 14세부터 19세 미만이면 형사처벌이 되긴 하는데 감형이 되고, 또 최대한 20년까지만 가능한 이런 식으로 소년법이 제정돼 있는 거 맞죠, 판사님?"

"네, 대체로 맞고요. 하나만 말씀드리면 14세부터 19세까지 소년에 대해서는 자동적인 감형이 되는 것이 아니고 판사들이 부득이한 경우에 감경할 수 있도록 규정되어 있습니다."

"하지만 사형이나 무기징역에 해당하는 범죄를 저질렀을 경우에도 최대 15년까지만 할 수 있도록 제정한 소년법 59조가 또 있어요. 그래서 인천 살인사건의 김 양 같은 경우도 여기에 해당되고요."

"강력범죄의 경우에는 최대 20년까지 올릴 수 있도록 되어 있습니다."

"그렇죠. 20년밖에 안 받는 겁니다. '이걸 바꿔야 된다. 아이라고 봐줘선 안 된다. 요즘 애들 순진하지 않다. 약한 처벌 받는 것 알고 이런 끔찍한 범죄 저지르는 거다.' 이게 지금의 여론입니다. 심지어 민주당의 이석현 의원은 초등학생에게도 최대 사형까지 처할 수 있도록 하는 법안을 발의한다고 합니다. 판사님, 어떻게 보십니까?"

소년법을 둘러싼 무겁고도 날선 물음에 응답하는 일은 쉽지 않았다. 여론이 악화되자 국회의원들은 발 빠르게 스무건에 가까운 소년법 개정안을 발의했다. 부천시 청소년법률지원센터 김광민 변호사가 이를 두고 "지금까지 이처럼 짧은 기간에 이토록 유사한 의원 입법이 다수 발의된 사례는 없었다."라고 말할 정도였다. 더불어민주당 표창원 의원은 18세 미만 소년범에게도 사형 또는 무기형까지 선고할 수 있도록 하는 개정안을, 같은 당 이석현 의원은 형사 미성년자 연령을 만 14세에서 만 12세로 낮추고, 사형까지 적용할 수 있는 개정안을 발의했다. 자유한국당 김도읍 의원은 여기에 더해 재범에 대해서는 소년법 적용을 하지 않고 형량을 고루 높이고 전과 기록도 남게 하는 법을 발의했다. 소년법 폐지를 반대하거나 우려를 표하는 사람은 그게 누구든 그 즉시 수천수만의 악성 댓글과 호된 비난에 시달려야 했다. 국민들의 법감정은 냉랭하기 이를 데 없었다.

"당신 딸이 저렇게 되어도 소년법을 옹호할 것인가?"

"아무것도 모르는 나이 아니다. 때리면 아프다는 거 알고 괴롭히면 죽고 싶어 한다는 거 알고 처벌이 가벼우면 가벼운 걸 이용할 줄 안다. 법과 어른들을 속이고 조롱하고 있는데 솜방망이 처벌이라니, 그래서 점점 더 흉악하고 잔혹한 범죄를 저지르는 것 아닌가?"

"나이가 벼슬인가? 범죄에는 무관용 원칙이 필요하다. 어리다고 범죄자에게 관용을 베풀어선 안 된다. 청소년범죄가 점점 도를 넘고 있는데 언제까지 어리다는 이유로 사면해야 하는가? 청소년이기 때문에 죄를 물을 수 없다는 것은 청소년이면 무슨 짓을 해도 어쩔 수 없다는 말인가?"

"소년법이 만들어진 지 60년이 다 되어간다. 세상은 변했다. 청소년들의 신체 발달, 정신적 발달도 빨라졌다. 성인과 다른 기준을 적용할 필요가 도대체 어디에 있는가?"

한양대 법학전문대학원의 오영근 교수가 2017년 발표한 「소년법 개정의 올바른 방향」에 따르면, 봇물 터지듯 쏟아져 나온 소년법 폐지 주장은 대체로 다음과 같이 요약할 수 있다. 첫째, 최근 들어 청소년범죄가 급증하고 흉포화하고 있다. 둘째, 요즘 청소년은 신체적 발육 상태가 성인과 다를 바 없고 최근의 청소년 폭력 범죄들은 성인범죄와 다름없으므로 청소년을 가볍게 처벌할 이유가 없다. 셋째, 외국에서도 청소년범

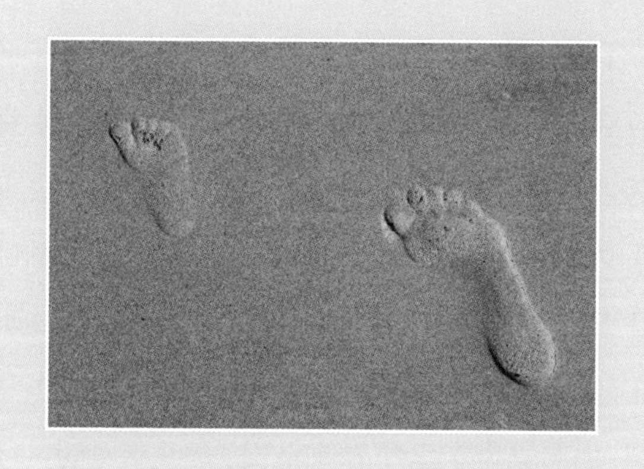

"

미성년 범죄자를 성인 범죄자와

다르게 취급해야 한다는 것은

모든 문명국가에서 일찍부터

받아들여진 명제이다.

"

죄에 대한 처벌을 강화하는 추세이다. 넷째, 범죄 청소년에 대해 형벌을 강화하면 청소년범죄가 줄어들 것이다.

이와 같은 논거는 많은 이들에게 감정적으로 또 직관적으로 타당한 듯 보인다. 그러다 보니 국민들은 애초에 왜 소년법이 존재했는가를 묻게 되는 것이다. 그러나 오영근 교수의 말처럼, 미성년 범죄자를 성인 범죄자와 다르게 취급해야 한다는 것은 모든 문명국가에서 일찍부터 받아들여진 명제였다. 청소년이 성인과 달리 미성숙하며 동시에 개선 가능성이 높다는 것은 뇌 발달, 교육학 등이 과학적, 실증적으로 증명하기도 하지만 상식적, 경험적으로 누구나 납득할 수 있는 사실이기 때문이다. 이런 까닭에 대부분의 국가에는 성인 형사사법과 다른 형태의 소년사법이 존재한다. 우리나라 역시 '소년이 건전하게 성장하도록 돕는 것'을 목적으로 1958년 소년법이 제정되어 이들의 탈법적 행위를 '범행'이 아니라 '비행'이라는 시각에서 바라보고, '처벌'보다는 '교정, 교화'의 측면에서 접근해 왔다.

물론 언론에 노출된 청소년들의 모습은 분명 상식적인 선에서 이해하기가 어렵다. 지난 8년 동안 소년재판을 담당해 온 나로서도 참담할 지경이니 일반인들이 놀라는 것은 당연하다. 그러나 사태가 심각할수록 현실을 정확하게 들여다보고 원인이 무엇인지 파악해야 한다. 그래야 다시는 이런 사건이 되풀이되지 않도록 실효성 있는 대책을 세울 수 있지 않겠는가?

무엇보다 청소년 정책은 우리 사회의 미래가 걸린 일이다. 국민들의 공분이 이해되지 않는 것은 아니나 근시안적인 시각으로 접근하는 것은 구멍 난 그물로 고기를 잡는 격이 아닐 수 없다. 보다 촘촘한 그물망을 마련하기 위해 지금은 우리 모두 차분하고 냉정해질 필요가 있다.

아이들이 왜 이렇게 잔인해진 겁니까, 판사님?

··· 부산 여중생 폭행사건이 국민들의 뜨거운 공분을 산 것은 십 대 여학생들이 했다고 보기에는 믿기 어려운 폭력의 잔혹성 때문이었다. 그런데 정말 많은 이들이 피부로 느끼는 것처럼 요즘 아이들이 과거보다 더 잔인하고 흉포해졌을까? 또 지금 아이들은 예전 아이들에 비해 전적으로 달라졌을까? 과연 이들을 엄벌하고 격리한다고 해서 청소년범죄가 줄어들고 대다수 선량한 청소년들이 안전하게 보호될까?

부산 여중생 폭행사건이 잔인하지 않다는 이야기가 아니다. 영상에 담긴 피해자의 모습은 참혹하기 그지없다. 자식을 키우는 부모라면 피투성이가 된 아이의 모습에 연민을 넘어 공포를 느꼈을지도 모른다. 그러나 앞서 말했듯이 성급하게 사태를 진단하기보다는 조금 더 냉정하고 면밀하게 상황을 분석할 필요가 있다.

먼저 많은 이들의 공분을 산 '폭력의 잔혹성'에 대해 살펴보자. 나는 21년간 법관 생활을 했으며, 지난 8년 동안 소년사건을 담당했었다. 그런데 소년법정에서 1만 2천여 명 이상의 소년범을 만나 온 나의 경험으로는, 8년 전과 지금을 비교할 때 폭력의 잔인성이 크게 달라지지 않았다고 본다. 이미 8년 전에도 두 아이가 인터넷 게임에 중독되어 실제 게임처럼 사람을 죽인 사건이 있었다. 만약 이 사건이 현장성 있게 보도되었다면 국민들의 반응이 어떠했을까? 토막 살인과 같은 강력범죄 사건이 실시간으로 보도된다면 사람들은 사형 말고는 답이 없다고 결론내렸을 것이다. 과거에 비하면 지금은 고도의 정보화 사회이다. 예전에는 일반인들이 범죄에 대한 정보를 입수하기도 굉장히 어려웠고, 사건 내용을 알기까지 시간도 많이 걸렸다. 그러나 요즘은 과거보다 범죄에 대한 정보를 쉽고 빠르게 얻을 수 있다. 이처럼 많은 정보에 실시간으로 노출되다 보니 청소년범죄가 날로 늘어 가고 점점 더 잔혹해지고 있다고 생각하게 되는 것이다.

그러나 현실은 그 반대이다. 흉포하고 잔인한 청소년범

죄가 뉴스를 장식하는 것과 달리, 실제 통계에 따르면 청소년 범죄는 꾸준히 감소하고 있다. 2017년 법무연수원에서 발간한 『범죄백서 2016』에 따르면, 소년범 수는 2009년 이후 계속 감소 추세에 있고 전체 범죄 중 소년범의 비율도 2009년 5.8퍼센트에서 2016년 3.6퍼센트로 현격하게 줄어들었다. 물론 이와 같은 현상은 저출산으로 인해 청소년의 수가 절대적으로 줄어든 것이 하나의 원인이기도 하다. 실제로 부산가정법원의 경우, 2013년도와 비교해 2017년도의 보호사건 수가 40퍼센트 정도 줄어들었다. 더 나아가 오영근 교수는 이전에 비해 피해 소년이나 부모들의 신고 의식이 높아져서 과거에는 비공식적으로 처리되던 사건들이 공식 사건으로 처리되는 경우가 크게 늘어났으며, 이러한 점을 감안할 때 최근 우리 사회에 소년범이 증가했다고 하는 것은 실증적 근거라기보다는 편견에 기인하는 것으로 볼 수 있다고 말한다.

청소년범죄의 흉포화 여부 역시 마찬가지이다. 위의 책에 따르면 소년범죄에서 살인이 차지하는 비율은 2009년 20건(0.5%)에서 2015년 16건(0.6%)으로 큰 차이가 없으며, 강도의 경우 2009년 38.8퍼센트에서 2016년 15.9퍼센트로 오히려 큰 폭으로 줄어들었음을 알 수 있다. 또한 약한 처벌을 받는다는 것을 알고 의도적으로 잔인한 범죄를 저지른다는 이야기도 반드시 맞는다고 보기 어렵다. 예외적인 경우가 간혹 있겠으나 대부분의 아이들은 그런 의도를 가지고 범죄를 저지르지 않는다.

그럼에도 불구하고 청소년범죄가 큰 이슈가 되는 이유는 앞서 말했듯 청소년범죄 사례가 인터넷과 언론을 통해 빠르게 선정적으로 알려지고 있으며, 범죄를 저지르는 연령대가 예전에 비해 더 어려졌기 때문이다. 더구나 2007년 12월의 소년법 개정으로 보호처분 연령 하한이 12세에서 10세로 낮아졌는데, 이러한 변화 역시 범죄를 저지르는 연령대가 낮아진 것으로 생각하게 만드는 요인이 된 것으로 보인다.

물론 청소년 범죄율이 감소하고 있다고 해서 문제가 위중하지 않다는 뜻은 결코 아니다. '인천 초등생 살인사건'이나 '부산 여중생 폭행사건'을 보면 드러난 사실이 굉장히 잔혹하고 충격적이다. 그렇다면 이 아이들의 폭력성의 원인은 무엇일까? 아이들은 심지어 가해 사실을 스스로 공개했다. 보통 사람이라면 자신의 범죄 사실을 공개하지 않는 게 상식이다. 따라서 이런 상식 밖의 행동은 이 아이들이 얼마나 미숙한가를 보여 주는 한 단면이다. 말과 행동, 육체적 발육은 어른과 다를 바 없지만 사물 변별 능력이나 의사결정 능력 등 정신적 발육은 한참 떨어진다는 것이다.

그러나 아이들이 가해 사실을 스스로 공개하는 일을 미숙함만으로 설명할 수는 없다. 이런 일은 정말 있을 수 없는 일이다. 이는 내가 수많은 비행소년들을 만나며 누구보다 깊게

“

아이들은 이미 인간 대 인간으로 아픔과 슬픔을

공감할 능력을 서서히 잃어 가고 있다.

”

고민해 왔던 생각과도 이어진다. 참담하게도 지금 우리 사회는 아이들이 자기 범죄를 세상에 자랑하듯 드러내는 곳이 되어 버렸다. 아이들이 SNS로 "나 범죄 저질렀어."라고 자랑을 하고, "심해? 나 교도소 갈 것 같아?"라고 하며 범죄 사실을 상의하는, 그런 참혹한 시대를 우리는 살고 있다. 그리고 이러한 결과는 부정할 수 없이 우리 사회의 기성세대가 만들어 낸 것이다. 가정에서 일차적으로 폭력을 배우는 사회, 폭력을 대수롭지 않게 용인하는 사회에서 과연 아이들이 무엇을 배울 수 있을까?

아이들은 이미 인간 대 인간으로 아픔과 슬픔을 공감할 능력을 서서히 잃어 가고 있다. 가해 청소년들은 자신이 이 사건을 SNS에 올렸을 때 어떤 상황이 발생하며, 그 파장이 어떨지, 피해자가 입을 상처와 인격 침해가 어느 정도일지 전혀 고려하지 못했다. 머리가 찢어져 피를 흘리며 고통을 호소해도 상대방이 얼마나 아플지 느끼지 못할 만큼 공감 능력을 상실해 버린 아이들. 사회에서 방치된 비행소년들이 도달한 필연적이고 가혹한 종착점이다. 원론적인 이야기로 들릴지 모르겠으나 우리 사회가 처벌을 넘어선 올바른 해법을 반드시 찾아야만 하는 이유가 여기에 있다.

소년법의 폐지는 법치주의에 어긋난다

… 소년범죄든 성인범죄든 충격적인 범죄가 발생하면 엄벌을 주장하는 여론이 높아지기 마련이다. 그러나 이에 떠밀려 즉흥적으로 제도를 바꾸는 것은 바람직하지 않다. 그간 우리나라에서 소년범에 대한 엄벌을 주장하는 목소리는 그리 높지 않았다. 최근 들어 엄벌 여론이 높아지고 강경 대응이 요구된 것은 충격적이고 참혹한 소년범죄가 연속적으로 발생했기 때문이다.

우리와 가까운 일본에서도 비슷한 일이 있었다. 1997년 14세의 중학생이 칼과 쇠뭉치 등으로 초등학생 2명을 살해하고 3명을 상해한 '고베 연속아동살상사건'이 발생하자, 언론과 정치권이 합세해 소년법을 개정했던 사례가 바로 그것이다. 범행을 저지른 소년은 사체를 잔혹하게 절단한 것도 모자라, 피해 소년의 잘린 머리를 메시지와 함께 시내의 한 중학교 정문에 놓아두는 등 끔찍하고 엽기적인 행각을 벌였다. 이 사건을 계기로 여론이 들끓어 일본의 형사처분 연령이 16세에서 14세로 낮추어졌다.

'부산 여중생 폭행사건' 역시 SNS를 타고 순식간에 일파만파 퍼져 나간 끔찍하고 잔혹한 사진이 충격과 분노의 기폭제 역할을 했다. 이를 계기로 아이들의 범죄 내용에 비해 처벌의 수위가 터무니없이 낮다며 소년법을 아예 폐지하거나 형벌 부과 연령을 내리는 동시에 사형이나 무기징역형까지 선고할 수 있는 방향으로 개정해야 한다고 주장하는 사람들의 목소리에 힘이 실리고 있다. 하지만 이러한 주장은 여러 면에서 매우 신중한 검토가 필요하다. 특히 민주주의와 법치주의 측면에서 간과해서는 안 될 점이 있다.

민주주의는 다수결 원칙에 의해 작동되므로 대다수의 국민이 동의한다면 소년법의 폐지나 개정은 언제라도 가능하다. 하지만 법의 폐지·개정이, 그에 찬성한 다수를 넘어 전체 국민의 동의나 승인을 얻기 위해서는 입법 과정에 전체 국민의 의견을 반영할 길을 반드시 열어 놓아야 한다. 특히 법의 폐지·개정으로 인해 직접적으로 불이익을 입을 이해 당사자에게는 더욱 많은 의견 제시의 기회를 보장해 주어야 한다. 그래야만 그로 인한 불이익이 따르더라도 이를 감수하고자 할 것이기 때문이다. 소년법의 폐지·개정을 논함에 있어 핵심 이해 당사자는 결국 미성년자이다. 소년법을 폐지·개정하여 미성년자 범죄에 대해 사형이나 무기징역형까지 선고할 수 있게 된다는 것은 범죄를 저지른 미성년자뿐 아니라 잠재적으로 범죄자가 될 수 있는 미성년자에게 이전과 비교해 불이익을 주거나 주게 될 가능성을 초래하는 것이기 때문이다. 따라서 민주주의와 법치주의의 원칙상 소년법의 폐지·개정 과정에는 미성년자에게 충분한 의견 진술권을 보장해 주어야 한다.

특히, 형벌에 있어서 성인과 동등한 취급을 하고자 한다면 우선 민주주의에서 핵심 권리인 참정권부터 성인과 동등하게 부여해야 한다. 그런데 현행 공직선거법은 미성년자에 대해 선거권을 비롯한 참정권을 제약하고 있기 때문에 미성년자는 법적으로 선거권을 행사하여 소년법과 관련한 의사 형성에 참여할 수가 없다. 이러한 상황에서 소년법의 폐지·개정을 강행하는 것은 민주주의나 법치주의에 위반될 소지가 크다.

나아가 사형과 무기징역형은 범죄자에 대해 영구히 또는 무기한 사회 구성원으로서의 지위를 박탈하는 것이다. 법적 책임은 자유와 권리를 전제로 하는 것이기에 이처럼 무거운 책임을 부과하려면 그에 상응한 자유와 권리 역시 부여해야 한다. 그리고 그러한 자유와 권리에는 선거권을 비롯해 형벌을 부과할 근거가 되는 법률의 제정이나 폐지·개정에 참여할 정치적 권리도 당연히 포함되어 있다. '유엔아동권리협약(Convention on the Rights of the Child)'이 형사책임 무능력 연령을 상향하라고 권고했고, '유럽 아동 옴부즈퍼슨 네트워크(European Network of Ombudspersons for Children)'가 형사책임 무능력 연령을 18세까지 올려야 한다고 선언한 것도 미성년자에게 정치적 권리를 주지 않은 채 과도한 책임을 부과해서는 안 된다는 이념을 표방한 것이다.

그렇다면 현재 우리의 법체계는 어떨까? 청소년들에게 성인과 똑같은 수준의 법적 책임을 물을 만큼 그들의 자유와 권리 또한 충분히 보장하고 있는가? 결론부터 이야기하면 그렇지 않다. 형법상 사형 또는 무기징역의 선고는 만 18세 이상이면 가능한데, 현재 18세 청소년들에게는 선거권이 부여되지 않으므로 형법과 공직선거법만 놓고 본다면 평등 원칙이나 법치주의 원칙을 위반하고 있는 셈이다. 이런 상황에서 공직선거법 규정은 그대로 둔 채 미성년자를 성인과 동등하게 취급하여 일정한 범죄에 대해 사형이나 무기징역형까지 선고할 수 있는 법체계를 만드는 것은 위헌 소지가 매우 높다.

따라서 만약 소년법을 폐지하고자 한다면 동시에 미성

년자에게도 성인과 동등하게 선거권을 주어야 하고, 민법상의 미성년자 연령 규정도 형사책임능력 연령 규정과 일치시키는 것이 마땅하다. 더 나아가 미성년자 관련 규정도 모두 개정해야 한다. 이처럼 소년법의 폐지나 형벌 부과 연령의 하향 조정은 헌법 이념을 비롯한 형법, 민법, 선거법, 청소년복지 관련법, 아동복지법 등 다른 법률 규정의 개정 내지 폐지와 모두 맞물린 문제이기 때문에 아주 신중하게 접근해야 한다. 그렇지 않은 경우에는 민주주의 대의와 법치주의 원칙에 어긋나는 심각한 부작용이 초래될지도 모른다.

소년법의 폐지는 대한민국의 품격이 걸린 문제

… 성인범죄와 마찬가지로 소년범죄에 대해서도 '엄벌주의'와 '관용주의'가 대립한다. 이는 우리나라뿐만 아니라 세계 여러 나라에서 공통으로 볼 수 있는 현상이다. 최근 우리나라에서는 소년범죄의 흉포화·잔인화, 학교폭력의 심각화로 엄벌주의를 요구하는 목소리가 높아지고 있다. 하지만 소년법을 두고 엄벌주의냐, 관용주의냐를 논하려면 그에 앞서 염두에 두어야 할 점이 몇 가지 있다.

어떤 사람들은 내가 소년법 폐지를 반대하고 소년범들의 사회 복귀를 강조한다는 이유에서 나를 지나친 온정주의자로 오해하기도 한다. 그러나 앞에서도 얘기했듯이 나는 '천10호'라는 별명을 가지고 있다. 소년법상의 보호처분 중 가장 높은 처분인 '10호처분'을 많이 한다고 아이들이 내 이름의 '종'을 '10'으로 바꿔 붙여 준 별명이다. 개중에는 10호처분을 받고 화가 치민 나머지 소년원 벽에 내 이름을 써 놓고 욕을 하는 아이들도 있다고 하니 그것만으로도 온정주의와는 거리가 먼 셈이다. 반대로, 나는 범죄나 비행에 대해 사건의 경중에 따라 그 책임을 '엄정하게' 묻는 것에는 전적으로 동의하지만, 그렇다고 엄벌주의자는 아니다. 법정에서 호통을 치거나 10호처분을 내리는 모습이 엄벌주의자처럼 비칠 수는 있겠지만 엄벌로 아이들을 바꿀 수 있다고 생각해 본 적은 여지껏 없었다.

무엇보다 나는 처벌만으로 나의 임무가 완수되었다고 생각하지 않는다. 오히려 처벌 이후의 재비행을 누구보다도 걱정하는 편이다. 청소년이더라도 무거운 범죄를 저질렀다면 엄벌해야 한다는 국민들의 요청은 정당하다. 그러나 엄벌로만 끝나서는 안 된다. 청소년은 살아온 날보다 살아갈 날이 더 많은 존재들이다. 따라서 자신의 죄에 합당한 처벌을 받은 이후에는 사회 구성원으로 자립할 수 있도록 재기를 도와야 한다. 그런데 우리 사회는 한 번 잘못을 저지르면 이미 처벌을 받았음에도 범죄자라는 낙인을 찍어 사회에 발을 붙이지 못하도록 만드는 분위기가 강하다. 이는 이중 처벌이다. 단 한 차례의 실수나

“

단 한 차례의 실수나 잘못도

용인하지 않는 사회에서는

누구라도 삶에 대한 의지가

꺾이기 마련이다.

”

잘못도 용인하지 않는 사회에서는 누구라도 삶에 대한 의지가 꺾이기 마련이다. 일본 젊은이들의 자화상이 담긴 영화 〈키즈 리턴〉에서 두 친구는 이렇게 말한다. "우린 정말 끝난 걸까?", "바보야, 우린 아직 시작도 안한 거라구." 이들의 말처럼 청소년은 아직 시작도 하지 않은 존재이다. 단 한 번의 실수나 잘못 때문에 평생 범죄자라는 꼬리표를 달고 살아야 한다면 그건 너무 가혹하지 않은가? 잘못을 했더라도 합당한 처벌을 받았다면 낙인을 찍기보다 재기할 수 있도록 돕는 사회 분위기가 마련되어야 한다.

사실 소년법이 만들어진 배경도 이와 비슷하다. 소년법정은 일반 형사법정과는 목적부터 다르다. 소년법 제1조를 보면 '이 법은 반사회성이 있는 소년의 환경 조정과 품행 교정을 위한 보호처분 등의 필요한 조치를 하고, 형사처분에 관한 특별조치를 함으로써 소년이 건전하게 성장하도록 돕는 것을 목적으로 한다.'고 되어 있다. 그래서 지금은 소년원의 명칭도 '학교'로 모두 바뀌었다. 교육적인 측면에서 접근해야 하기 때문이다.

어떤 사람들은 범죄를 저지르면 감옥에 보내야지 왜 소년원에 보내느냐고 묻는다. 감옥, 즉 교도소와 소년원의 차이를 형식적으로 보게 되면 감옥에 간다는 이야기는 전과자가 된다는 뜻이다. 만 14세 미만이면 우리나라에서는 중학교 1학년이다. 따라서 사고를 저지른 중학교 1학년 학생을 감옥에 보낸다는 것은 전과자가 되어 범죄 기록이 평생 따라다니게 된다는 의미다. 남은 인생 전부를 창살 없는 감옥에 갇혀 지내는 것과 마찬가지인 셈이다. 소년원은 이러한 부작용을 방지하고, 가능하면 교화시켜 사회에 복귀시키려는 국가의 배려다.

청소년범죄에서 이른바 강력범죄에 해당하는 사건은 전체의 5퍼센트 안팎이고, 더 나아가 잔혹하고 엽기적인 사건은 전체의 1퍼센트 미만이다. 그런데 이들을 엄벌하기 위해 소년법을 폐지하면 나머지 95퍼센트의 사건도 형법을 적용해야 하기 때문에 가벼운 범죄를 저지른 아이들도 모두 전과자가 된다. 한편으로, 14세 미만은 형법상 비 범죄 연령이기 때문에 소년법이 폐지되고 형법이 개정되지 않으면 아무 처벌도 할 수 없다. 이번 부산 여중생 폭행사건의 가해자 중 13세 여학생은 보호처분조차 내릴 수가 없게 되는 것이다.

더구나 소년법을 폐지하면 모든 사건을 형사재판으로 처리해야 하는데, 만약 개정안이 받아들여져 형법상 비 범죄 연령이 10세까지로 낮아지게 되면 초등학교 5, 6학년 학생도 형사법정에 세워야 하는 문제가 발생한다. 이렇게 될 경우 형벌 전력은 전과가 되고, 이는 신분상 불이익을 주기 때문에 재판에 회부된 아이들이 거짓 자백을 하거나 상호 간에 치열한 다툼이 벌어질 수도 있다. 또 경우에 따라서는 또래 친구들을 대거 법정에 증인으로 불러 심문해야 하는 일이 벌어질 수도 있다. 초등학생들이 증인으로 소환되어 법정에 선 모습은 상상만으로도 끔찍하다. 게다가 소년법을 폐지하게 되면 소년원을 없애고 소년교도소를 세워야 하는데, 이게 과연 옳은 일인지 의문을 가지지 않을 수 없다.

무엇보다 앞서 말한 것처럼 전체 청소년범죄 중에서 흉포하고 잔인한 소년범죄와 피해 정도가 심각한 학교폭력범죄가 차지하는 비율이 낮고, 절도나 사기 등 생계형 범죄나 피해 정도가 상대적으로 경미한 학교폭력범죄가 대부분이라는 점을 잊어서는 안 된다. 이러한 범죄를 저지르는 소년들의 처벌 수위를 정하는 문제도 중요하겠지만, 환경을 조정하거나 재교육을 실시하는 방식으로 다시 비행을 저지르지 못하게 하는 것이 더 중요하다.

한양대 오영근 교수의 주장에 따르면 소년법은 국친주의, 즉 '국가가 어버이처럼 범죄나 비행소년을 처우한다.'는 원칙에 입각해 있다. 성인에게는 인정되지 않지만 소년의 경우 성인에 비해 지식과 경험이 부족하고, 범죄가 인간의 성장 과정에서 불가피하게 발생하는 하나의 시행착오일 수 있다는 점, 성장 과정 중인 소년은 성인에 비해 좋은 방향으로든 나쁜 방향으로든 인격의 변화 가능성이 크다는 점, 좋은 방향으로 인격의 변화가 이루어지기 위해서는 좋은 교육이 필요하다는 점

등을 고려한 것이다. 국가와 사회가 엄격한 법 집행자가 아닌 어버이로서 역할을 해야 하는 것이다.

이처럼 미성년자들에 대한 보호를 전제로 하는 국친주의 사상은 어른과 아이의 차이를 존중하는 사상일 뿐만 아니라 미성년들에 대해 법적인 제약을 정당하게 하는 근거도 된다. 친권자의 동의 없이 법률 행위를 하지 못하게 하고, 미성년자들의 참정권을 제한하거나 담배나 주류 등 특정 물품에 대한 거래를 제한하며, 근로를 함에 있어 일정한 제한을 가하는 것 등이 그 예이다. 따라서 국친주의는 국가의 품격을 결정하는 사상으로, 이를 폐지하는 것은 대한민국의 품격을 떨어뜨릴 뿐만 아니라 어른이 아이와 동등한 입장에서 무한 경쟁을 하자는 것에 불과하다. 정상적으로 운영되는 나라 중에 그런 일을 벌이는 나라는 없다. 더 나아가 국친주의에 따른 보호를 없애려면 거기에서 비롯된 제한도 함께 없애야 한다. 한마디로 어른과 아이의 구분이 사라지는 것이다.

이와 같은 이유로 나는 소년법의 폐지나 연령 기준을 낮춰야 하는 개정안에는 동의하지 않지만 소년법을 바꿔야 할 필요성은 있다고 본다. 우선 14세 이상의 경우에 완화된 형벌을 부과하도록 하고 있는데, 사형을 선고하는 등 어른과 동등한 취급을 하는 방향으로 개정하는 것은 반대하지만 흉포한 범죄라면 일본이 20년 전에 시행했듯이 국민들의 합의가 이루어진다는 전제 아래 처벌 상한을 높이자는 입장이다. 또한 처분 기간의 선택에 있어 지나치게 경직되어 있는 우리 소년법의 태도도 다시 점검할 때가 되었다고 생각한다. 소년범에 대한 적정한 처우를 결정하는 것은 소년재판에서 가장 중요한 일이다. 소년부 판사들이 이를 선택함에 있어 걸림돌이 없기를 기대한다.

범죄 피해자의 아픔을 공동체가 함께

… 소년법 폐지 주장이 거세게 일어난 또 다른 이유가 있다. 당해 사건의 피해자와 향후의 잠재적 피해자의 입장을 고려하면 가해자에 대한 처벌 수위를 높여야 하는데, 이를 위해서는 소년법이 폐지되어야만 한다는 것이다. 이러한 국민들의 주장에는 가해자에 대한 엄벌만이 피해자를 위한 최선의 배려라는 생각이 짙게 깔려 있다. 하지만 그것만이 피해자를 위한 길인지는 좀 더 신중히 생각해 보아야 한다.

범죄는 인간 사회에서 필연적으로 발생하는 해악이므로 사회생활 속에서는 누구라도 가해자나 피해자가 될 수 있다.

"

재판 과정에서 엄벌 여론을 주도하는 것도

피해자에게 위로가 되겠지만

보다 근본적인 해결책은 피해자의 고통을

공동체가 나누어 지는 것이다.

"

그런데 범죄를 저지르는 사람보다는 그렇지 않은 사람이 더 많기에 사람들이 피해자의 입장에 서서 가해자에 대한 엄벌을 요구하는 경향을 취하는 것은 지극히 당연하다. 하지만 아무리 무거운 형벌을 부과한다고 하더라도 새로운 범죄의 발생을 완전히 막을 수는 없다. 형사정책적으로도 엄벌주의를 채택하여 범죄율을 두드러지게 떨어뜨렸다는 사례는 찾아보기 어렵다. 더 나아가 엄벌주의를 채택함으로써 사회가 치러야 할 비용이나 정서 문제도 무시할 수가 없다. 예컨대, 소년재판에서 비행을 저지른 '보호소년'에 대해 국민들이 바라는 수준으로 처벌하기 위해서는 우선 소년원의 수를 대폭 늘려야 한다.

현재 우리나라에 있는 소년원은 모두 10개소로, 과밀 수용으로 인한 문제점은 차치하더라도 인구 대비 사건 수를 감안하면 최소 10개 이상의 소년원이 더 필요하다. 만약 소년법을 폐지하여 소년원이 없어지게 되면 소년교도소를 20개 정도 다시 지어야 한다. 하지만 자기 지역에 보호관찰소나 장애인을 위한 특수학교도 들어오지 못하게 하는 상황에서 그보다 혐오도가 훨씬 높은 소년원이나 소년교도소를 지역 주민들이 받아들이려고 할까? 이는 결국 또 다른 사회적 진통으로 이어질 것이다.

더 중요한 문제는 가해자에 대한 엄벌만으로 피해자의 상처가 치유되고 회복된다고 생각해서는 안 된다는 것이다. 중

범죄의 경우에는 가해자에게 어떤 처벌을 내리더라도 피해자나 그 가족이 100퍼센트 만족하기 어려울 것이고, 설령 어느 정도 만족한다고 해도 그로 인해 범죄로 인한 상처가 온전히 치유되지는 않을 것으로 보인다. 고대에는 '눈에는 눈, 이에는 이'라는 '동해보복법칙(同害報復法則, jus talionis)'이 적용되어 피해에 상응한 가해자에 대한 '보복'이 가능했다. 하지만 근대에 이르러서는 '형벌의 부과와 집행 권한'이 피해자 측이 아니라 국가에 주어져 있고, 형벌의 내용과 수위도 법률이 정한 바에 따르기 때문에 형벌로 인한 피해자 측의 보복과 그로 인한 만족도가 고대에 비해 낮을 수밖에 없다. 바로 여기에서 가해자에 대한 처벌과 그로 인한 피해자의 만족감 사이에 괴리가 발생한다. 결국 현대 법치주의 체계 아래에서는 처벌에 대한 피해자 측의 불만족을 완전히 해소시키기가 어려울 수밖에 없다.

국가의 형벌권 행사로 인해 범죄의 피해자 측을 온전히 만족시키기 어려운 것이 현실이라면, 국가는 형벌과는 별개로 피해자를 배려하기 위한 제도를 마련해야 한다. 헌법 제30조가 '타인의 범죄 행위로 인하여 생명·신체에 대한 피해를 받은 국민은 법률이 정하는 바에 의하여 국가로부터 구조를 받을 수 있다.'고 규정하는 것도 그 이념을 반영한 것이다. 다소 늦은 감은 있지만 위 규정을 바탕으로 2005년 12월에 '범죄피해자보호법'이 제정되었고, 이 법으로 인해 범죄 피해자에 대하여 상담, 의료 지원, 구조금 지급, 법률구조, 취업 관련 지원, 주거 지원 등과 같은 조치를 취할 수 있게 되었다. 하지만 국가 기관이 시행하는 조치에는 한계가 있다. 예를 들어 현행법상 소년보호처분이 내려진 이후 소년부 판사로 하여금 피해자에게 도움을 줄 수 있도록 하는 제도는 없다. 소년부 판사가 처분을 내린 이후 사법형 그룹홈인 '청소년회복센터' 등에 위탁된 보호소년들과 교류하는 것은 법이 '소년들의 재비행을 방지하여 새로운 피해자를 발생시키지 않도록' 할 권한과 책임을 부여했기 때문이지, 피해자보다 보호소년을 우선시해서가 아니다. 개인적인 의견이지만 소년부 판사가 처분을 내린 이후 피해를 당한 아이들과도 소통할 수 있는 제도적 장치가 마련되기를 기대한다.

가해자에 대한 엄벌, 피해자에 대한 제도적 조치에 한계가 있을 수밖에 없다면, 한계 너머의 피해자에 대한 배려는 사회 공동체의 몫이 되어야 한다. 재판 과정에서 엄벌 여론을 주도하는 것도 피해자에게 위로가 되겠지만 보다 근본적인 해결책은 피해자의 고통을 공동체가 나누어 지는 것이다. 특정 사건이 터졌을 때만 끓어오르다가 이내 식어 버리는 '냄비성' 관심이 아니라 '시간의 흐름이 결코 그대들에 대한 기억을 지우지 못하리라.'는 로마 시인 버질의 시구처럼 피해자의 아픔에 지속적으로 동참해 주는 것이 진정으로 피해자를 위한 길임을 잊지 말아야 한다. 그런 의미에서, 얼마 전 '부산 여중생 폭행사건'의 피해자인 H를 법정에서 만났기에 그날 있었던 일을 여기에 소개한다.

H는 폭행사건 발생 직전의 가벼운 비행으로 법정에 서게 되었다. 조그맣고 앳된 소녀가 어머니와 함께 법정에 들어서는데 맨 먼저 눈에 들어 온 것이 폭행으로 인한 상처를 치료하기 위해 자른 머리카락이었다. 완전히 자라지 않은 머리카락 탓에 사내아이처럼 보이는 아이의 모습에 가슴이 아팠다. 다행히도 폭행으로 인한 상처는 완치되었고, 머리 쪽 상처도 머리카락으로 덮여 있어 상흔은 전혀 찾아볼 수가 없었다.

사건에 관해 짧게 질문한 뒤 요즘 생활과 학교에 대해 물으니 현재는 집에서 잘 지내고 있으며, 봄이 되면 3학년에 진급할 예정이라고 했다. 그런 뒤 H에게 물었다.

"너에게 폭행을 가한 아이들 중에 누가 제일 밉노?"

"A, B, C, D 네 명 중에 A와 B가 제일 밉고, 그 다음이 C이고, 그 다음이 D입니다."

"C가 너를 어떻게 때렸노?"라고 물으니 "제 얼굴을 손으로 때리고, 비타500 병으로 머리를 두 번 때렸습니다."라고 대답했다. 그래서 "C는 구속이 안 된 것 같은데 C와는 연락이 되나?"라고 물으니 아이가 "예, 연락하고 있습니다."라고 대답하기에 "지금 C가 법정 밖에 와 있는데 들어오라고 할까?"라고 했더니 아무 말도 하지 않았다.

밖에서 기다리던 C를 불렀다. C는 사건 발생 당시 나이가 13세라서 부산가정법원 소년부로 바로 송치되었고, 다른 판사로부터 2017년 12월경 이미 소년보호처분을 받았다. 때문에 오늘 H에 대한 재판에 출석할 의무가 없었음에도 나의 부탁에 따라 자발적으로 법정 밖에 와 있었던 것이다. 재판 전에 다른 사람을 통해 피해자와 C가 어느 정도 화해가 된 것 같다는 말을 들었기에 그에게 부탁해 오늘 법정에 C를 데리고 와 달라고 부탁해 두었던 터다. 한편, C를 보고도 H는 아무런 동요도 하지 않았다.

C에게 '○○야 미안하다, 용서해라.'를 열 번 외치라고 시켰다. C는 순순히 따랐다.

"○○야 미안하다, 용서해라."

"○○야 미안하다, 용서해라."

…

그런데 어색해서 그런지 C의 태도가 불량해 보여 크게 호통을 쳤다.

"그렇게 무성의하게 해서 되나? 마음에 진심을 담아 미안하다고 하거라."

그러자 정신이 들었는지 C는 진심을 담아 용서를 빌기 시작했다.

"○○야 미안하다, 용서해 줘."

"○○야 미안하다, 용서해 줘."

…

외침이 반복되자 감정이 올라왔는지 C가 울음을 터뜨렸다. 그러고는 울면서 진심으로 용서를 빌었다.

"○○야 미안하다, 용서해 줘."

"○○야 미안하다, 용서해 줘."

…

열 번을 모두 외친 다음 C는 시키지도 않았는데 스스로 "○○야, 내가 친구의 입장이 되어 보지 못하고 때려서 정말 미안하다."라며 사과를 했다. 그래서 H에게 물었다.

"C와 화해한 것이 맞나?"

그러자 H도 울면서 말했다.

"예, 맞습니다. C가 페북으로 미안하다는 말을 여러 번 했습니다. 진심으로 미안해하고 반성하고 있는 것 같아서 용서하기로 했습니다."

그 뒤 H의 어머니에게 "C에게 하실 말씀이 있으시면 하십시오. 무엇이라도 좋습니다."라고 했다. 그런데 뜻밖에도 할 말이 없다고 하기에 놀라서 다시 물었다.

"진짜 하실 말씀이 없으십니까?"

두 번째 질문에도 여전히 H의 어머니는 "없습니다."라고 담담하게 말했다. 딸이 용서를 했기 때문인지 어머니의 분노도 많이 누그러진 것 같았다. H에 대하여 보호자에게 위탁하는 처분을 내리면서 H와 어머니에게 청소년회복센터 청소년을 대상으로 몸과 마음을 치유하는 '2인 3각 멘토링 여행'을 가 보는 게 어떻겠냐고 제안을 하자 흔쾌히 참가하겠다고 하였다.

그런 다음 H에게 C와 한번 껴안아 보라고 했더니 두 아이는 서로 부둥켜안고 눈물을 흘렸다. 감정이 올라와도 법정 안에서 눈물을 흘리는 경우는 없었는데 두 아이의 화해 장면에 가슴이 벅차올라 나도 모르게 눈물을 떨구었다. 그러고도 법정을 나가는 어머니와 두 아이의 모습이 계속 마음에 남아 결국 잠시 휴정을 해야 했다.

오전 재판을 그렇게 마치고 점심 시간에 지인과 함께 차를 마시고 있었는데 H와 어머니가 '2인 3각 멘토링 여행'의 멘토와 함께 다시 나를 찾아왔다. 그래서 "○○야! 너 판사님 딸 하자."라고 하니 H가 빙긋이 웃었다. 싫지는 않은 모양이어서 서로 번호를 교환하고 휴대폰으로 사진을 찍은 다음, "누가 또 괴롭히거든 이 사진 보여 줘라. 그리고 힘들면 판사님에게 연락해."라고 했다.

웃는 얼굴로 헤어졌지만 그동안 H가 받았을 고통을 생각하니 사무실로 들어오는 발걸음이 가볍지 않았다.

H가 제주로 2인 3각 여행을 떠나기 전날 밤에 카톡으로 편지를 보내왔다. 아이의 상태가 많이 좋아진 듯하여 조금 안심이 되었다. H의 편지 전문을 소개한다.

To. 존경하는 천종호 판사님

판사님, 안녕하세요? 저 H입니다. 프린트해서 직접 드리려다가 갑자기 오류가 떠서 이렇게라도 다시 보냅니다. ㅎㅎ 천종호 판사님과 만난 당일 쓴 겁니다!

음, 방금 막 페이스북에 올라온 사진과 글을 보았습니다. 정말 너무 감동적이고 감사합니다. 솔직히 C라는 친구, 용서가 안 되어야 하는 건데 조금이나마 추억이었던 때를 생각하니까 마음이 너무 아팠습니다. 그래서 C가 무릎 꿇는 것도 싫었고 울면서 사과하는데 괜히 더 고마운 마음이 들고 친구한테 무릎을 꿇는다는 게 정말 자존심 상했을 건데 미안하고 고마웠습니다.

정말 이때까지 많은 눈물을 흘려서 눈물이 안 나올 줄만 알았는데 C가 무릎을 꿇는 순간 눈물이 나왔고, 또한 판사님이 그때 일을 말씀하실 때 울컥했습니다. 항상 웃다가도 멀쩡하다가도 그 얘기만 나오면, 조금이라도 생각을 하면 눈물이 나오는 것 같습니다. C가 진심으로 했든 아니든 저는 진심으로 받아들일 거고 C도 마음고생 많이 했을 거라 생각하니까

"

나는 축복받은 사람이다.

나는 존경받는 사람이다.

나는 행복한 사람이다.

이렇게 생각하며 살 것입니다.

그럼 하루하루가 행복하지 않을까요?

"

너무 미안하고 고마운 마음이 큽니다.

그리고 오늘 판사님께서 저에게 "너, 내 딸 해라."라고 하셨을 때 정말 기뻤고 얼마나 행복했는지 몰라요. 세상에서 제일 감사한 분입니다. 재판장에서 판사님께서 누가 제일 밉냐 물어보셨을 때 솔직히 저는 제 자신이라고 말하고 싶었습니다. 하지만 뒤에서 엄마가 저를 보는데 제가 저런 말을 하면 슬퍼하실까 봐 말을 못했습니다. 그래서 이렇게라도 말을 하네요. ㅎㅎ 저는 A, B, C, D 어떤 그 누구보다 제 자신이 제일 미워요. 그리고 이때까지 사고를 치면서 저로 인해 피해 보셨던 모든 분들에게 너무 죄송합니다. 제가 이제 와서 후회한다고 해 봤자 되돌려지는 것은 없지만 반성은 평생 하고 또 할 것입니다. 저는 이번 일 있었던 것들은 제가 이때까지 잘못한 것들은 다 모아서 벌 받았다고 생각할 것입니다.

진짜 저도 여자인데 머리가 이렇다는 것은 정말 속상한데 열심히 착한 일하면서 열심히 기를 거예요. 저는 이번에 1월 16, 17, 18일에 했던 교육이 저한테는 정말 큰 도움이 됐던 것 같습니다. 그 누구보다 열심히 듣고 필기를 했습니다. 또, 천종호 판사님이 쓰신 책을 보는데 너무 감동적이고 보는 내내 제가 잘못한 것들을 다시 생각해 보는 시간이었던 것 같습니다.

기회가 된다면 다시 한 번 읽어보고 싶어요. 앞으로 저는 착하게 살아 갈 거기 때문에 판사님을 뵐 수 있을진 모르겠지만 가끔 뵙고 싶어요. 그리고 제가 성인, 아니 더 더 클 때까지 판사님과 연락하며 소통하고 싶습니다.

저는 어릴 때부터 꿈이 변함없이 가수였습니다. 노래를 좋아할 뿐만이 아니라 노래로 감정을 표현한다는 게 멋있고, 나만이 아닌 모든 사람들에게 감동을 주는 게 정말 멋있어 보였습니다. 하지만 가수가 되기까진 정말 힘든 일들이 많을 거라는 걸 잘 압니다. 도전해 보기도 전에 포기하는 건 아니랬습니다. 하지만 가수가 되면 엄마에게 신경을 못 쓰는 날이 많을 거고 내 길을 가는 데 바쁠 거기 때문에 이 꿈은 마음속에 묻어 놓을까 합니다. 이때까지 엄마에게 효도는커녕 많은 아픔을 줬고 너무 고생을 시켰고 힘들게 했기 때문에 저는 커서 그냥 그저 엄마를 위해 살까 합니다.

그래야 된다는 게 아니라 그러고 싶습니다. 꿈을 이룬다는 거는 자신이 그 일을 하면서 즐겁고 행복하고 몸에서 피가 끓는 그런 것이라고 배웠습니다. 저에게 있어서 그런 일은 저로 인해 엄마가 행복한 거, 힘들지 않는 거, 울지 않는 거, 딱 이거 하나인 것 같습니다. 저는 이제 아침에 일어나면 오늘 나의 목표는 이것이다 라는 목표를 짓고 열정을 가지고 하루를 시작할 것입니다. 무슨 일이든 힘들어하지 않고 모든 걸 극복해 낼 것입니다. 전 할 수 있습니다 . 그리고 친구보단 가족을 당연히 더 사랑할 것입니다. 무슨 일을 하든 결국 마지막에

제 옆에 있는 건 제 가족들일 거니까요.

항상 나는 축복받은 사람이다. 나는 존경받는 사람이다. 나는 행복한 사람이다. 이렇게 생각하며 살 것입니다. 그럼 하루하루가 행복하지 않을까요?

사람들이 저에게 물어봅니다. 이 세상에서 누가 제일 중요할까? 저는 뜸들이며 대답을 이어가지 못합니다. 하지만 저는 앞으로 이 물음에 당당하게 말할 수 있게 열심히 살 겁니다. 그건 나라고, 내가 가장 행복한 사람이라고, 내가 가장 잘났고 나는 무엇이든 할 수 있다고, 조금이 아닌 많은 노력을 보태서 천종호 판사님처럼 좋은 사람이 될 것입니다. 판사님, 저는 말입니다. 정말 활기차고 항상 웃고만 사는 그런 아이입니다. 근데 요즘 들어서 웃음이 사라졌어요. 그리고 먼가 모르게 너무 속상합니다. 왜 이렇게 살아야 하나 생각이 드는데 그때 엄마를 생각하면 저도 이렇게 힘든데 엄마는 얼마나 힘들까 생각이 듭니다. 진짜 너무 울컥하고 죄송한 거 있죠? 그래서 요즘 엄마에 대한 가사들이 담겨 있는 노래들을 듣고 있어요. 언젠가 기회가 오면 마이크를 들고 엄마한테 불러 주고 싶어요. 지금도 엄마 고생했을 걸 생각하니까 너무 눈물이 나요. 그리고 또 한 번 저를 되돌아보는 시간을 가지게 해 주신 판사님께 정말 감사합니다. 저는 앞으로 이렇게 천종호 판사님께 자주 편지를 드릴까 합니다. 그리고 제가 앞으로 나아갈 길을 생각해 보게 도와주신 것도 판사님입니다. 매일매일 감사하게 살 거예요. 정말 감사합니다.

그리고 제주도 정말 잘 다녀오겠습니다. 가서 마음을 정리하고 새롭게 새 마음 새 뜻으로 살까 합니다. 가서 일기도 열심히 써서 판사님께 드리고 싶어요. 그리고 한 달에 한 번은 찾아뵙고 싶습니다.

판사님, 3월부터는 학교도 정말 잘 다닐 것입니다. 저는 3학년 생활이 조금씩 기대가 되기 시작합니다. 그리고 교육에서 읽은 책, 그거 읽고 난 이후부터 판사님께 반해 있었는데 이렇게라도 오늘 찾아뵙게 돼서 정말 영광입니다. 오늘 정말 못난 모습으로 뵜는데 이젠 더 달라진 모습과 함께 머리도 빨리 기르고 이쁜 얼굴로 다시 뵈서 사진 찍고 싶습니다. ㅎㅎ 저에게 "딸 해라"는 말을 해 주셔서 감사하고 정말 작은 그 한마디가 저에게 정말 큰 행복이었습니다. 잊지 않을 겁니다. 그리고 아버지라 생각하여 더 존경하고 사랑합니다. 제주도 다녀와서 뵈러 가겠습니다! 정말 하고 싶은 말이 많은데 갑자기 떠올리자니 생각이 다 안 나요. ㅠㅠ

오늘만 편지 쓸 거 아니니까 이까지 쓰도록 하겠습니다. 자주 이렇게 쓰고 문자도 드리겠습니다. 판사님 정말 너무 감사하고 사랑합니다. 진짜 사랑합니다. 판사님 덕분에 오늘 저 너무 소중하고 행복한 시간이었습니다.

잊지 않고 매일 감사하며 살겠습니다. 말 한마디로 표현 안 될 만큼 감사하고 오늘 이 시간 너무 소중했습니다. 이런 행복 남겨 주셔서 감사하고 이런 좋은 추억 소중하게 생각하겠습니다. 사랑합니다, 천종호 아버지 ^^

천종호 판사님을 정말 진심으로 존경하고 사랑하는

H 드림

문제는 제도와 시스템이다

… 소년법 폐지와 보호 연령 상향에는 반대하지만 소년법 개정은 나 역시 찬성하는 바이다. 현재 소년법상 14세 미만의 경우 소년보호처분을 부과하도록 되어 있는데, 최장이 소년원에 2년간 보내는 것이다. 국민들의 분노는 여기에서 비롯된다. '살인해도 2년밖에 안 돼?'라는 도저히 납득할 수 없는 의문이 발생하기 때문이다. 실제로 소년재판에서는 13세 아이가 상습적으로 절도를 저질렀을 경우와 살인을 저질렀을 경우의 처분이 동일하다. 소년보호처분 중에서 가장 센 처분이라고 해 봐야 소년원 2년이 최대이기 때문이다. 이를 소년법상 '10호처분'

이라 하고, 그 다음이 6개월간 소년원에 보내는 '9호처분'이다. 그 아래가 1개월 동안 보내는 '8호처분'이고, '소년의료보호시설' 등에 6개월 보내는 것은 '7호처분'이라고 한다. 6호처분은 아동복지시설이나 소년보호시설에 6개월 동안 보내는 것이고, 나머지는 집으로 돌려보내야 한다.

이처럼 소년원 송치 처분에 있어서 선택지가 좁다 보니 비행 내용이나 재비행 가능성에 따른 적절한 처분을 내리기가 어렵다. 특히 비행 내용상 9호처분과 10호처분의 중간 단계(예를 들어, 1년 이내 소년원 송치)의 처분을 내리는 것이 적절하다고 판단되거나, 2년 이상 소년원에 송치하는 처분을 내리는 것이 적절하다고 판단되는 경우에도 그러한 처분을 할 수가 없다. 바로 이러한 점이 시민들로 하여금 소년보호처분이 솜방망이 처벌이라는 인식을 갖도록 하는 데 일조하는 것 같다.

우리나라와 달리 일본의 소년법은 소년원 송치 처분의 기간에 제한을 두지 않고 있다. 기간의 제한을 두지 않는 일본의 경우도 문제점이 없다고 할 수는 없으나, 기간의 선택 폭이 지나치게 좁고 경직되어 있는 우리 소년법의 태도도 다시 점검할 필요가 있다. 또 그래야만 14세 미만의 잔혹범죄에 대해 국민들에게 설득이 가능하지 않을까?

그런데 소년원 송치 기간을 늘리기 위해서는 지금보다 소년원이나 교정 시설이 더 필요하다는 당면 문제가 있다. 우

"살인해도 2년밖에 안 돼?"

국민들의 분노는 여기에서 비롯된다.

리나라의 소년범 관련기관 수는 턱없이 부족하다. 일본에는 가정법원 50개소, 소년교도소 7개소, 소년원 52개소, 소년감별소(한국의 소년분류심사원) 52개소, 아동자립지원시설(한국의 6호처분기관) 58개소가 있다. 이에 비해 우리나라에는 가정법원 7개소, 소년교도소 1개소, 소년원 10개소, 소년분류심사원 1개소(대행심사원 6개소), 6호처분기관 16개소밖에 없다. 일본의 인구수가 우리보다 많다는 것을 고려하더라도, 우리의 소년법 관련기관 수는 절대적으로 부족한 셈이다.

이처럼 소년원 수가 적다 보니 2년짜리 10호처분을 받아도 평균 1년 6개월이면 임시퇴원처분을 받고 나가는 경우도 많다. 아이들이 충분히 교정될 시간도 시설도 미비한 것이다. 일본의 경우 맡은 기관에서 자체적으로 판단해 충분히 반성하고 교정되었다고 판단하면 기간을 다 채우지 않고 내보내기도 한다. 우리나라에서도 제도와 시설 측면을 고려해 이 부분을 개선해야 한다.

법무부 자료에 따르면 전국 소년범 수용 기관의 2016년 평균 수용률은 122퍼센트로 집계되었다. 모두 과밀 수용 상태로, 교정 시설의 환경이 얼마나 열악한지 말로 다할 수 없을 정도이다. 수도권은 그 정도가 더 심해 안양소년원의 경우 과밀 수용률이 187퍼센트에 육박한다. 교정학 이론에 따르면 70퍼센트가 가장 적정한 수용 인원이고, 100퍼센트를 넘어가면 교정 효과가 없다. 10평짜리 방에 15명, 18명씩 소년범들을 몰아 넣으면 나중에 다 한 패거리가 되어 출소를 하게 된다. 소년원에서 제대로 교화가 이루어져 올바른 사람이 되어 돌아와야 하는데, 현재 상황으로는 소년원에 아무리 오래 있어도 교정이 되어 돌아올 가능성이 낮은 것이다.

또한 소년범들 중에는 '사회 내 처우'를 받는 소년들이 압도적으로 많은데, 이들을 보호할 환경이 전혀 마련되어 있지 않다는 점도 큰 문제이다. 소년범 중 중한 범죄로 소년교도소, 소년원 및 6호처분기관 등에서 생활하는 소년은 연간 최대 5천 명 정도에 이른다. 이를 제외한 나머지, 예를 들어 소년범 수가 7만 1천 명 정도에 이른 2015년을 기준으로 하면 약 6만 6천 명 가량의 소년들이 사회로 돌아가는 처분을 받은 것으로 추산된다. '사회 내 처우'를 내린 경우 소년들로 하여금 재범하지 않도록 지도하는 것이 관건이라고 하겠으나, 이를 위해 국가가 제공하는 장치는 보호관찰제도밖에 없다고 해도 과언이 아니다.

보호관찰제도만으로는 소년범의 재범을 막기에 역부족이다. 소년범의 재범률이 높아지고 있다는 사실이 이를 뒷받침한다. 이러한 사정은 시민들에게 소년범에 대해 좋지 않은 시선을 제공할 수밖에 없다. 문제를 해결하려면 '사회 내 처우'를 받은 소년범을 위한 시설인 '사법형 그룹홈(청소년회복센터)'과 같은 장치를 제도적으로 확대하는 것이 바람직하다.

그나마 다행인 것은 국민청원을 계기로 청와대에서도 이를 중요하고 무겁게 받아들이고 있다는 사실을 확인한 점이다. 김수현 청와대 사회 수석은 "위기 청소년은 반드시 위기 가정을 배경에 두고 있고, 또한 위기 가정은 위기 사회를 배경에 두고 있다. 따라서 그 해결이 몇 개의 정책, 또 몇 년간의 정책 수행으로 될 일은 아니라고 본다. 부산 여중생 폭행사건의 가해자 중 한 명이 소년보호처분을 받은 상태였으나 처분이 형식적으로 관리가 되다 보니까 제대로 확인도 안 하고 '무조건 잘하고 있음' 이런 식으로 넘어갔던 것 같다. 이런 부분들이야말로 여러 부처가 함께 협력해서, 또한 지방 정부와 지방 교육청이 함께 노력해야 하며, 1호부터 10호까지 처분의 실질화를 위한 제도 개선, 예산 지원도 필요하다고 본다."라고 답변하며 정부가 가진 고민의 깊이를 전달했다. 소년법상 보호처분을 활성화, 실질화시키고 다양화해서 청소년들이 사회로 제대로 복귀하도록 만들어 주는 일이 무엇보다 우선시되어야 할 것이다.

3

학교폭력과 게토 속의 아이들

학교폭력에 대한 바른 이해가 필요하다

… 학교에서 한 아이가 친구의 사물함에서 참고서를 훔쳤다. 이러한 행위는 학교폭력에 해당될까? 답은 '해당되지 않는다.'이다. 이 사건의 내용은 '폭력'이 아니라 '절도'이므로 '학교폭력 예방 및 대책에 관한 법률'(이하 '학폭법')이 규정하고 있는 '학교폭력'의 범주에 들지 않는다. 그럼 학생이 길거리에서 오토바이를 훔쳐 타고 폭주하는 경우는 어떨까? 이 역시 학교폭력이 아니다. 그런데 사람들에게 물어보면 이 사건들을 학교폭력으로 보는 경우가 생각보다 많다. 그럼 이 사건들은 어디에 해당될까? 학교폭력이 아니라 '좁은 의미의 청소년비행 또

는 범죄'에 해당한다. 청소년들이 저지르는 범죄 전부를 지칭하는 '넓은 의미의 청소년비행'에서 학교폭력을 빼면 좁은 의미의 청소년비행이 된다. 절도, 사기, 강도, 오토바이 무면허 운전, 성매매가 주류를 이루며, 이와 같은 좁은 의미의 청소년비행은 학폭법의 적용을 받지 않고 형법이나 소년법의 적용을 받는다.

학교폭력은 일반 폭력과는 다른 고유의 특성을 가지고 있다. 이 점을 제대로 인식하고 있지 않으면 학교폭력 사건이 발생했을 때 제대로 된 대처를 할 수가 없을 뿐만 아니라 사후 예방책도 제대로 세울 수가 없다. 때문에 학교폭력의 개념, 유형 및 그 특성에 관해서 보다 정확한 이해가 필요하다.

그럼 판사가 처리하는 소년보호사건 중에서 학교폭력 사건이 차지하는 비율은 얼마나 될까? 이 질문에 대해 많은 사람들이 학교폭력 사건의 비율이 좁은 의미의 청소년비행 사건 비율보다 훨씬 높다고 생각한다. 하지만 이는 편견에 불과하다. 많은 사람들의 생각과는 반대로 좁은 의미의 청소년비행 사건이 학교폭력 사건보다 훨씬 많다. 그런데 왜 이런 오해나 편견이 생기는 것일까? 가장 큰 원인은 청소년을 자녀로 둔 부모들은 자연히 학교폭력에 지대한 관심을 가질 수밖에 없는데, 최근 들어 학교폭력으로 인한 피해가 이슈화되다 보니 학생이나 청소년이 비행을 저지르기라도 하면 사건의 내용은 살피지 않고 무차별적으로 학교폭력 사건이라고 전제해 버리는 데 있다고 생각한다. 사실 학교폭력 사건이 사회적으로 이슈화된 것은 그리 오래되지 않았다.

2012년 봄, 법원 소년부로 송치되는 학교폭력 사건이 급증하였다. 이 시점에 아이들이 갑자기 더 폭력적이고 잔인해진 것이 아니라, 2011년 12월에 발생한 '대구 중학생 자살사건' 이후로 학교폭력에 대한 사회적 인식이 크게 바뀐 탓이었다. 당시 중학교 2학년이던 피해 학생 권군은 가해 학생들의 괴롭힘을 견디다 못해 유서를 남기고 아파트 7층에서 뛰어내려 스스로 목숨을 끊었다. 게다가 이 사건 이후 2012년도에 들어 유사한 자살사건이 대구·경북 지역에서만 십수 건이 발생하였다. 소위 '2012년형 학교폭력 사건'이라고 할 수 있는 일련의 사건들은 '학교 내 폭력'이라는 점에서 사회적으로 큰 반향을 불러왔고, 이를 계기로 학교폭력이 본격적으로 형사사건화되기 시작했다. 그러자 그동안 침묵을 지키고 있던 다수의 학생들이 학교폭력으로 인한 피해를 호소하기 시작했고, 그로 인해 학교폭력으로 신고되는 사건 수 역시 급증하였다. 그 결과 소년부로 송치되는 학교폭력 사건도 크게 증가하게 된 것이다. 이처럼 사회적으로 학교폭력 사건이 갑자기 대두되자 국가적 차원의 이슈가 되기에 이르렀고, 이후 학교폭력 문제는 청소년 문제의 블랙홀이 되어 버렸다.

2012년형 학교폭력 사건의 특징 중 첫 번째는 가해자와 피해자들이 거의 대부분 같은 학교에 다니는 학생들이라는 점이고, 두 번째 특징은 피해의 내용으로 폭언이나 폭행, 금품 갈취가 주류를 이룬다는 점이며, 세 번째 특징은 드문 일이지만 피해자가 지속적인 괴롭힘을 당한 끝에 자살이라는 극단적인 선택을 하게 된다는 점이다. 2017년 8월에 가해 학생들로부터 지속적인 폭언과 폭행, SNS에서의 욕설 등으로 괴롭힘을 당하다 투신한 '전주 여중생 자살사건'도 같은 유형의 사건으로 분류할 수 있다.

그런데 최근에는 2017년 9월에 발생한 '부산 여중생 폭행사건'처럼 학교 밖 아이들을 중심으로 보다 직접적이고 집단적인 폭력을 가하는 형태가 사회의 이목을 집중시키고 있다. 이러한 폭력 사건은 과거에도 있어 왔지만 휴대폰 카메라와 SNS의 발달로 폭력 장면이 공개되면서 전 국민의 관심을 끌게 되었다. 이러한 학교폭력 사건은 2012년형 학교폭력 사건과는 성격과 내용이 구분되므로, '2017년형 학교폭력 사건'이라고 부르는 것이 좋겠다.

그럼 도대체 법에서는 학교폭력의 개념을 어떻게 정의하고 있을까? 학교폭력이란 용어는 우리나라에서 일반적으로 사용되고 있는 관습적인 용어였는데, 정식으로 법적 용어가 된 것은 학폭법이 제정된 2004년 1월부터이다. 그러다가 2012년

"

학교폭력은 일반 폭력과 달리

관계성, 지속성, 공연성이라는 고유한 특성을

가지고 있다.

"

형 학교폭력 사건의 발생으로 학교폭력의 개념을 대폭 수정하게 되었는데, 현행 학폭법은 학교폭력을 '학교 내외에서 학생을 대상으로 발생한 상해, 폭행, 감금, 협박, 약취유인, 명예훼손, 모욕, 공갈, 강요, 강제적인 심부름 및 성폭력, 따돌림, 사이버 따돌림, 정보통신망을 이용한 음란폭력 정보 등에 의하여 신체·정신 또는 재산상의 피해를 수반하는 행위'(학폭법 제2조 1항)라고 정의하고 있다. 학교폭력의 개념 정의와 관련하여 현행법에서 가장 특징적인 부분은 폭력을 당한 피해자가 학생이면 가해자가 누구인지 불문하고 학교폭력이 된다는 점이다.(참고로 개정 전의 법률에서는 가해자와 피해자가 모두 학생이어야 학교폭력이 된다고 했었다.)

학교폭력 개념 수정으로 인해 학교폭력의 범위가 크게 확장되었다. 그런데 이는 앞서 살펴본 바와 같이 학교폭력과 좁은 의미의 청소년비행 사이의 구별을 어렵게 만들 뿐만 아니라 사건 수의 증가로 학교와 교사 등 관계자들의 부담을 가중시킨다. 또한 이러한 개념 정의는 학교폭력과 일반 폭력 사이의 경계를 모호하게 만들어 학교폭력 고유의 성격을 제대로 이해할 수 없게 만들고, 중대한 결과를 초래할 가능성이 있는 학교폭력 사건에 에너지를 투입할 수 없게 하는 결과를 낳는다.

따라서 학교폭력 사건에 대한 제대로 된 처리와 대책을 세우려면 먼저 학교폭력 사건의 특성을 바로 알고 있어야 한다. 더 나아가 학교폭력 사건에 대한 이해는 청소년비행의 이해와 그에 대한 대책을 세우는 데에도 중요한 초석이 됨을 잊어서는 안 될 것이다.

더 이상 눈물을 흘리게 해서는 안 된다

… 전체 학교폭력 사건에서 피해자가 자살을 하는 경우는 매우 드물다. 그럼에도 학교폭력이 사회적으로 뜨거운 감자가 된 것은 이처럼 극단적인 선택을 하는 학생이 간혹 있기 때문이다. 도대체 무엇이 아이들로 하여금 돌이킬 수 없는 선택을 하게 만드는 것일까? 이에 관해 만족할 만한 답변이나 보고는 아직까지 없다. 하지만 가해 행위인 폭력이라는 외부적 요인과 가해 행위 및 기타 사정에서 비롯된 피해자 내면의 문제, 즉 내부적 요인이 합쳐져서 이런 결과를 초래하는 것으로 유추해 볼 수 있다. 그런데 내부적 요인이라는 것도 알고 보면 가해 행위

라는 외부적 요인에서 비롯되는 경우가 대부분이기 때문에 가해 행위라는 외부적 요인, 다시 말해 폭력의 특성을 이해하면 학교폭력 사건(특히 2012년형 학교폭력 사건)에 대한 바른 이해를 위한 출발점에 섰다고 할 수 있겠다.

삶을 포기하기에는 너무도 이른 나이임에도 피해자로 하여금 자살이라는 돌이킬 수 없는 길을 걷게 만드는 학교폭력은 과연 어떤 특성을 가지고 있을까? 결론부터 말하자면 세 가지 특성, 즉 관계성, 지속성, 공연성이 학교폭력의 특성이라고 할 수 있다.

먼저 관계성부터 살펴보자. 일반 범죄의 경우 특별한 상황을 제외하고는 범죄가 발생하기 전에 가해자와 피해자 사이에 별다른 관계가 없는 것이 대부분이다. 예를 들어 길을 지나다가 우연히 강도나 폭행을 당했다고 할 때, 강도나 폭행범과 피해자가 친구 관계나 서로 아는 관계에 놓여 있을 가능성은 거의 없다. 하지만 학교폭력은 학교를 매개로 학교나 그 주변의 친구, 선후배 사이에서 발생하며, 그 관계성의 정도 또한 매우 밀접한 편이다. 나아가 가해자와 피해자 상호 간의 관계는 평등한 관계가 아니라 기울어진 관계, 이른바 '갑을 관계'가 형성되고, 이러한 관계는 친구 사이에서도 쉽게 찾아볼 수 있다. 공동체를 전제로 하는 관계는 지속성을 가지므로 관계성은 학교폭력의 나머지 특성의 기초가 된다. 따라서 관계성은 학교폭력의 특성 중에서도 가장 우위에 있는 특성이라고 할 수 있다.

다음 특성은 지속성이다. 어제 길을 지나다가 우연히 강도나 폭행을 당했다고 할 때, 오늘 다시 같은 장소에서 같은 가해자한테서 피해를 당할 가능성은 매우 희박하다. 하지만 같은 중학교나 같은 고등학교에 다니는 학생들 사이의 폭력은 어제 당하고 오늘도 당했는데 내일 또 당할 가능성을 배제할 수가 없다. 방학 기간을 제외하고 매일 학교에서 괴롭힘을 당할 수도 있고, 심한 경우에는 중·고등학교를 입학해서 졸업할 때까지 지속될 수도 있으며, 때로는 그보다 더 오래가기도 한다. 게다가 가벼운 폭력이라 하더라도 지속적으로 행해지면 피해자가 느끼는 정신적 충격은 누적되기 때문에 치명적인 결과를 초래할 수도 있다. 예를 들어 매일 같은 시간대에 학교에서 '찌질이'라는 욕설을 듣는다고 하자. 욕설이 한 번으로 끝나면 그냥 무시해 버릴 수도 있다. 하지만 그런 욕설을 어제도 들었고 오늘도 들었는데 앞으로도 계속 들어야 한다면 피해자로서는 어느 순간 학교에 가는 것이 공포로 다가올지도 모른다.

마지막 특성은 공연성이다. 강도나 폭행범도 사람들이 보는 데서 대놓고 범행을 저지르지는 않는다. 이처럼 일반 범죄의 경우 특별한 상황을 제외하고는 드러내 놓고 범죄를 저지르는 것은 매우 드문 일이다. 하지만 학교폭력은 의도하든 아니든 간에 학교라는 곳이 공동체 생활을 하는 곳이기 때문에 또래 학생들이나 전교생이 지켜보는 데서 공개적으로 행해지는 경우가 많다. 심지어 학생들이 모두 지켜보는 데서 성폭행이 자행된 일도 있었다. 아이들이 이렇게 공개적으로 학교폭력을 행사하는 이유는 자신과 피해자의 우열 관계를 다른 학생들에게 알려서 자신의 존재를 드러내는 한편, 다른 학생들도 자신에게 도전했다가는 이처럼 된다는 것을 알리고 싶어서이다. 학교폭력 사건에서 동조자, 방조자, 방관자 문제가 발생하는 것도 바로 이 공연성 문제에서 비롯되는 것이다.

관계성, 지속성, 공연성을 띠는 폭력은 비단 학교폭력만이 아니다. '부부 간의 가정폭력', '군대 내 폭력', '직장 내 폭력'도 학교폭력과 유사한 특성을 지니고 있다. 예를 들어 가정폭력은 부부 관계를 전제로 발생한다는 점에서 관계성, 부부 관계가 해소될 때까지 지속된다는 점에서 지속성, 또 가족들이 지켜보는 데서 폭력이 자행된다는 점에서 공연성을 지닌다. 그래서 가정폭력 피해자의 트라우마 구조는 학교폭력 피해자들의 것과 유사하다.

관계성, 지속성, 공연성이라는 학교폭력의 특성은 다른 폭력과 달리 피해자에게 쉽게 해소하기 어려운 좌절감을 안겨준다. 학교를 그만두지 않는 한 가해자와 계속 대면해야 하고, 가벼운 폭력이라 하더라도 지속적으로 당할 경우 피해자가 겪는 고통은 엄청난 것이 되기 때문이다. 또 많은 친구들이 보는

“

학교폭력의 특성을 이해한다면

사소하게 보이는 폭력도

가볍게 넘어갈 수 없을 것이다.

”

데서 공개적인 망신을 당한 경우 친구들을 일일이 찾아가 사건을 해명하고 사태를 수습하기가 결코 쉬운 일이 아니기 때문에 어린 피해자가 겪는 심적 고통의 정도는 상상하기 어려울 정도로 크다. 바로 이러한 학교폭력의 특성이 피해자로 하여금 극단적인 선택을 하게 만드는 주요 요인이 된다는 것은 부정하기가 어렵다. 대표적인 사례가 2013년 3월 11일에 발생한 '경산 학생 자살사건'이다. 이 사건의 간략한 경위는 다음과 같다.

피해자인 A는 중학교 시절 내내 동급생들인 X, Y를 포함한 몇 명의 친구들로부터 폭행, 갈취, 강요, 성추행 등의 학교폭력을 당했다. 가해자들은 A로 하여금 쓰레기통을 머리에 쓰고 춤을 추도록 하거나, 친구들이 보는 앞에서 A의 바지를 벗기고 성적 수치심을 주는 행위를 시키기도 하였다. 그러한 폭력에도 불구하고 A군은 자신의 피해 사실을 누구에게도 알리지 않고 중학교를 졸업하였다. A는 2013년 3월 고등학교로 진학했는데 불행하게도 X, Y 등도 같은 학교로 진학을 했고, 심지어 같은 반에 배정되었다. 3년 동안 자신을 괴롭혔던 친구들과 또다시 같은 고등학교를 3년간 다녀야 하는 데다 학급마저 같은 반이 된 것이다. 설상가상으로 A가 선택한 학교는 기숙형 학교였다. 이는 피해자가 24시간 내내 가해자들과 함께 지내며 지속적인 괴롭힘을 당할 수 있다는 것을 의미했다. A로서는 참으로 고통스러운 상황에 빠져 버린 것이다. 중학교 시절에 피해를 당할 때는 그래도 학교를 마치고 귀가하면 가해자들의 폭력에서 벗어날 시간이라도 가질 수가 있었지만 이제는 그러한 시간마저 가질 수 없게 되었다. 결국 A는 고등학교에 입학한 지 채 열흘이 지나지 않은 시점에 극단적인 선택을 하고 말았다. 학교폭력의 관계성과 지속성이 얼마나 큰 사태를 초래할 수 있는지를 잘 보여 주는 대목이다.

학교폭력의 이와 같은 특성을 이해한다면 우리는 사소하게 보이는 폭력도 가볍게 넘어갈 수 없을 것이다. 아니, 가볍게 넘겨서는 안 된다. 가령 한 아이가 학교폭력 피해 신고를 했는데 그 내용이 친구들이 욕을 하며 놀리거나 돈을 빌려가서 갚지 않는다는 것이라고 해 보자. 이 경우 대부분의 사람들은 피해 내용에만 관심을 가지고, 사안이 심각하지 않다는 판단하에 가해자들을 불러 가볍게 주의를 주거나 빌린 돈을 갚게 하는 선에서 사건을 해결하려고 할 수 있다. 하지만 사건의 이면에 있는 피해자와 가해자들의 관계, 피해의 지속성 및 공연성 여부 등을 파악하지 않은 채 그렇게 사건을 마무리 짓는 것은 피해의 불씨를 남겨 놓는 꼴밖에 되지 않는다.

문제를 제대로 해결하려면 피해 신고된 내용이 그날 처음 우연히 발생한 것인지, 아니면 피해자와 가해자들 사이에 형성되어 있는 갑을 관계에 따른 지속성을 가진 것인지를 먼저 파악해야 한다. 그리고 조사 결과, 피해 신고된 내용이 갑을 관계에 따른 지속성을 가지고 있다면 그러한 관계부터 해소시켜 주지 않으면 안 된다. 더 나아가 만약 피해 예방을 위해 필요하다면, 가해자들이 더 이상 피해자를 괴롭히지 못하도록 엄단의 조치도 내려야 한다. 그러한 조치가 피해자가 당면하고 있는 근원적인 문제 해결에 도움이 될 수 있음을 잊어서는 안 된다. 이것은 단순히 사건 사고를 예방하고 해결하는 일만이 아니라 피해자로 하여금 더 이상 남몰래 숨죽여 가며 울지 않도록 하는 길이다. 또 피해자로 하여금 극단적인 선택까지 가지 않도록 적극적으로 손을 내밀어 주는 것이다.

게토 속의 아이들

… 많은 사람들이 '부산 여중생 폭행사건'을 학교 안에서 일어난 학교폭력 사건으로 생각한다. 하지만 이 사건이 우리가 보통 생각하는 학교폭력일까? 보통 학교폭력이라고 하면 같은 학교를 다니는 학생들 사이의 폭력, 다시 말해 '학교 내 폭력'을 떠올리게 된다. 그러나 이번 사건의 경우 가해자 아이들은 각 학교에서 문제를 일으켜 제도권 밖 대안학교로 밀려난 아이들이었고, 그들의 원적 학교도 서로 달랐다. 한편, 피해자 역시 사건 당일까지 60일간 학교를 결석하고 있는 상태였다. 결국 이 아이들은 학교의 관리 아래에 있는 이른바 '주류 아이들'이 아

니라 주류에서 밀려난 '학교 밖 아이들'이었던 것이다. 따라서 이 사건은 학폭법에 따른 '학교폭력'에는 해당되지만 국민들이 일반적으로 생각하는 학교폭력과는 다르다.

그런데 이 사건을 기존의 학교폭력 프레임 속에 넣고 보니 '어떻게 학생들이 저렇게 잔인할 수 있는가?'라는 접근이 가능하게 되었고, 이로 인해 문제가 커져 버렸다. 학교 밖의 고위험군 아이들이 고위험 지역에서 무리를 이루어 지내다가 이렇게 심한 폭력이 발생했다는 것이 부각되어야 하는데, 단순히 학교폭력의 피해자-가해자 지위를 설정해 놓고 사건을 바라보게 만든 것이다. 이로 인해 학교폭력에 부정적인 시각을 가진 사람들이 피해자에게 감정이입이 되었고, 가해자를 엄벌하자는 쪽으로 국민 정서가 폭발하면서 소년법 폐지론까지 들고 나오게 된 것이다. 사실상 이 사건의 피해자가 피해자로 불리기 전까지는 학교와 사회 어디에서도 관심을 받지 못하고 방치되어 있던 상태였음을 상기한다면 사건이 발생한 이후에 봇물 터지듯 터져 나온 급작스러운 관심은 외려 보기 민망할 정도이다.

이처럼 부산 여중생 폭행사건을 기화로 청소년비행에 대한 국민들의 공분이 거세지고, 학교폭력에 대한 엄벌주의 여론이 '대구 중학생 자살사건' 이후 최고조에 이르자 소년법 폐지라는 극약 처방을 통해서라도 폭력을 근절시켜야 한다는 주장이 드셌다. 하지만 이러한 극약 처방이 효과를 보려면 사건의 결과만 보아서는 안 되고 이면에 있는 원인까지 심도 있게 살펴야 한다.

2017년형 학교폭력 사건인 부산 여중생 폭행사건은 2012년형 학교폭력 사건의 전형이라고 할 수 있는 대구 중학생 자살사건과 두 가지 점에서 크게 다르다. 하나는, 중학생 자살사건의 경우 가해자와 피해자 모두가 일반 학교 학생들이었던 데 비해, 이번 사건의 가해자들은 학교 부적응으로 인해 대안학교에 다녀야 했던 학생들이라는 점이다. 또 다른 하나는, 중학생 자살사건은 자살이라는 피해자의 극단적인 선택에 국민들의 이목이 집중되었던 반면에, 이번 사건은 가해자의 잔혹성에 국민들이 치를 떨고 있다는 점이다. 즉, 이번 사건은 일반 학생들을 보호하기 위해 학교 밖으로 내몰린 학생들이 저지른 잔혹한 폭력이라는 것이 그 특징이다. 우리가 보통 생각하는 일반적인 학교폭력이 아닌 것이다.

사실 학교 안에서는 이번 사건처럼 잔혹한 폭력이 일어나는 경우는 드물다. 적어도 그곳에는 부모와 교사라는 울타리가 있기 때문이다. 진짜 심각한 것은 학교 밖 아이들이다. 그럼 왜 이 아이들이 일반인의 상식을 허물어 버리는 잔혹한 폭력을 만들어 내는 걸까? 그 답은 두 가지 점에서 살펴보아야 한다.

우선, 정신심리적인 점이다. 청소년 폭력이 발생하는 원

"

아이들은 집 밖으로 나가는 것을

'가출'이라고 하지 않고 '탈출'이라고 한다.

"

인은 단순하다. 맹수들의 세계에서처럼 힘겨루기 차원에서 폭력이 발생하는가 하면, 욕설이나 '뒷담화'를 하였다는 이유 혹은 연인 사이에 끼어들었다는 이유로 폭력이 발생하기도 한다. 이를 종합해 보면 결국 청소년 폭력의 가장 큰 원인은 인간관계에 있다. 그런데 학교 밖 아이들이 관계에 목을 매는 이유는 의외로 단순하다. 외로움이다.

가정에서 방치되거나 버려진 아이들은 외로움을 심하게 탄다. 학교에서도 학업에 매진하는 소위 '주류' 그룹에 속하지 못하면서 소외감은 증폭된다. 그러다 문제를 일으키기라도 하면 위기 학생들이 가는 대안학교로 밀려나거나 아예 학교를 그만두기도 하지만, 이럴수록 함께할 친구가 줄어들기 때문에 외로움은 더해 간다. 이를 달래기 위해 친구를 찾아 나서지만 만나게 되는 아이들은 자신과 비슷한 처지의 아이들뿐이다. 겨우 정 붙일 관계를 찾았지만 그로 인해 위험한 관계를 맺게 될 가능성 역시 높아지는 것이다.

이 아이들은 자존감도 낮고, 가정·학교·사회로부터 고립되었다는 생각에 분노지수도 높은 편이다. 그러다 보니 자신이 겨우 이루어 낸 관계를 누군가가 비집고 들어와 방해하는 것에 대해 과민하게 반응한다. 이 관계마저 빼앗긴다면 완전한 외톨이가 되고, 그렇게 되면 무리에 소속된 아이들에게 어떤 피해를 입을지 모른다는 두려움에 어떻게든 관계를 지켜내려고 발버둥치는 것이다. 어떤 남자아이들은 이런 심리 상태를 악용하여 자신에게 매달리는 여자아이에게 원조교제를 시켜 생활하기도 한다. 사정이 이렇다 보니 아이들은 사소한 일에도 과도한 분노를 표출하고, 인성이 제대로 형성되지 않아 타인의 아픔에 대한 공감 능력까지 결핍되어 끔찍한 일을 아무렇지도 않게 저지르기도 한다.

다음으로, 구조적인 점이다. 사실 이번 사건은 몇 년 전부터 경고했던 일이 수면 위로 떠오른 것이다. 대구 중학생 자살사건 이후 학교폭력에 대해 엄정한 태세가 마련되었고, 이는 학교에서 문제를 일으킨 아이들을 학교 밖으로 내모는 결과를 초래하였다. 학교폭력에 대해 엄벌주의를 취하는 이상 한쪽을 누르면 다른 한쪽이 늘어나는 풍선 효과로 인해 학교 밖 아이들은 많아질 수밖에 없다. 이러한 고위험군의 아이들을 한곳에 모아 두는 것은 언제 터질지 모르는 화약고를 만드는 것과 같다. 특히, 이 아이들이 집중적으로 모이게 되는 대안학교나 공원 등 아이들의 아지트는 매우 높은 위험성을 띠게 되고, 법의 사각지대인 현대판 '게토'가 만들어진다. 학교 안 폭력이 줄어들었다고 자화자찬하고 있는 동안 학교 밖 아이들은 심각한 학교폭력에 노출되어 있는 것이다.

이렇게 볼 때 결국 이번 사건의 핵심은 위기 청소년들의 정신심리 상태와 위험한 환경이 결합되어 잔혹한 폭력으로 발전한 것이라고 할 수 있다. 따라서 재발을 방지하기 위해서는 무엇보다도 아이들의 정신심리 상태의 회복과 환경의 개선이 이루어져야 한다. 그중 가장 시급한 것은 가족 관계의 회복이다. 사실 학교폭력의 근본적인 요인은 가정의 해체다. 아이들은 집 밖으로 나가는 것을 '가출'이라고 하지 않고 '탈출'이라고 한다. 학대당하는 아동은 맞아 죽거나 탈출하는 것 말고는 다른 수가 없다. 초등학생 때까지는 대부분 자신이 학대당하고 있다는 걸 인식하지 못한다. 2013년 '울산 계모 학대사건'이 터지고 당국에서 '사라진 아이들'에 대해 어마어마하게 조사했다. 그러면 아동 학대가 조금 수그러든다. 그러나 일과성에 그친다. 관계 회복이 불가능할 정도로 가족이 해체된 아이들에 대해서는 사회 공동체가 나서서 따듯한 울타리가 되어 주어야 한다.

아울러 이러한 아이들에 대해 아무런 조치를 취하지 않는 국가기관에 대해서는 엄중한 비난이 행해져야 하고, 아이들을 방치하는 보호자들에 대해서는 국가가 나서서 책임을 물어야 한다. 또 학교에서는 위기 학생들을 품는 것을 우선해야 한다. '인권'을 핑계 삼아 '보호'를 내팽개쳐서는 안 된다. 인권은 인권이고 보호는 보호다. 게토로 내몰린 아이들에 대한 어른들의 시선도 바뀌어야 한다. 늦은 밤에 길거리를 배회하는 아이들은 보면 따뜻한 말 한마디라도 하여 그들이 가족의 품으로 돌아갈 마음을 먹을 수 있도록 배려해야 한다. 가족과 사회 공동체의 회복이 또 다른 사건의 발생을 막는 지름길임을 잊어서는 안 된다.

학교폭력은 최선을 다해 막아야 한다

… 앞서 말한 것처럼 '부산 여중생 폭행사건'은 전형적인 학교폭력 사건이라고 하기 어렵다. 이 사건의 가해자들은 학교 부적응 등으로 대안학교에 다니는 학생들이었고, 비행 장소도 학교 밖 길거리였으며, 비행을 저지른 시간대도 수업이 끝난 심야 시간대였다. 게다가 피해자 또한 평소 아무런 문제 없이 학교에 잘 다니고 있는 학생이 아니었고, 가해자들과도 교류가 있는 아이였다. 이런 점에서 본다면 부산 여중생 폭행사건은 전형적인 학교폭력 사건이 아니라 좁은 의미의 청소년비행에 가까운 사건이라고 볼 수 있기에, 그에 대한 대처 방안도

학교폭력 사건과는 다른 측면에서 접근해야 할 필요가 있다.

지난 8년간의 사건 처리 경험에 비추어 보면 학교폭력과 좁은 의미의 청소년비행은 대략 아래 표와 같은 점에서 차이점을 보인다.

	학교폭력	좁은 의미의 청소년비행
가해 내용	• 언어폭력, 왕따 등 (1유형 학교폭력) • 폭행, 상해, 공갈, 강요 등 (2유형 학교폭력)	• 절도, 사기, 성매매 등 생계형 비행이 대부분임 • 폭력, 오토바이 관련 비행, 성 관련 비행도 많은 편임
가해자의 연령대	• 초등학생(주로 고학년)에서 고등학생까지 다양하게 분포 • 중학생의 비율이 높음	• 중 · 고등학생이 대부분 • 최근 들어 연령대가 낮아지고 있음
가해자의 학업 현황	• 기본적으로 학교에 재학 중임 • 1유형 학교폭력 사건의 가해자들의 학업 성적에 대해서는 2유형과 같은 특징적인 현상을 보이지 않음 • 2유형 학교폭력 사건의 가해자들의 학업 성적은 좋지 않은 편임	• 학교를 장기 결석하거나 무단결석을 일삼는 등 학교 부적응 아이들이 많음 • 자퇴나 퇴학 등으로 학업을 중단한 아이들도 있음 • 학업 성적이 좋지 않은 아이들이 대부분임
가해자의 가정환경	• 가해자들의 가정환경은 다양하며 좁은 의미의 청소년비행과 같이 특징적인 현상은 보이지 않음	• 결손가정 내지 저소득 · 빈곤층 가정 출신 아이들의 비율이 높음
피해의 성격과 내용	• 관계적, 지속적 피해 • 금전적, 신체적 피해보다는 정신적 피해가 큼	• 금전적, 신체적 피해가 많음 • 무관계적, 1회성 피해

언어폭력과 왕따와 같은 '1유형 학교폭력'은 전체 학교폭력에서 가장 큰 비율을 차지하고 있다. 이 유형의 학교폭력은 비행 또는 범죄적 시각에서 접근하기에는 무리가 있다. 그랬다가는 모든 학생들을 비행소년으로 낙인찍게 될지도 모른다. 언어폭력과 왕따는 대부분의 아이들이 관계되어 있기 때문이다. 오히려 이러한 유형의 학교폭력에 대해서는 인성교육적인 차원에서 접근을 해야만 올바른 대처를 할 수가 있다. 이에 반해 폭행, 상해, 갈취, 강요 등과 같은 '2유형 학교폭력'은 비행 또는 범죄적 시각에서 접근을 해야만 한다.

1유형 학교폭력은 초등학교부터 고등학교까지 모든 학교에서 발생하고 있다. 하지만 폭력, 상해 등과 같은 2유형 학교폭력은 중학교 때부터 갑자기 두드러진다. 또 표에서는 드러나 있지 않지만 실무상으로는 학교를 매개로 2유형의 학교폭력을 저지르는 학생들이, 학교 밖에서는 오토바이 절도 및 무면허운전이나 그밖의 절도 및 사기 등 좁은 의미의 청소년비행을 저지르는 경우가 많다. 이는 2유형의 학교폭력을 저지르는 아이들이 좁은 의미의 청소년비행을 저지를 가능성이 높고, 그런 상태로 방치될 경우 나중에는 아예 학업까지 중단하고 청소년비행을 저지르게 된다는 것을 의미한다. 따라서 2유형의 학교폭력을 저지르는 아이들에 대해서는 학교와 가정에서 매우 심각하게 사태를 인식할 필요가 있으며, 부산 여중생 폭행사건에 대해서도 같은 차원에서의 인식이 절실하게 요청된다. 이 사건이 단순한 학교폭력이 아니라는 인식 속에서 가해자들에 대한 엄벌뿐만 아니라 엄벌 이후의 대책도 함께 고민해야 하는 것이다.

한편, 이와는 다른 차원에서 학교폭력의 피해자가 또 다른 학교폭력이나 청소년비행의 가해자가 되는 경우도 많다. 사실상 이러한 입장에 처한 아이들에 대한 재판을 하는 것은 심적 부담이 매우 크다. 피해자로 있을 때는 아무런 도움도 받지 못하다가 가해자가 되는 순간 무자비한 비난을 받아야 하는 아이들이 바로 이 아이들이기 때문이다. 한 아이의 사례를 소개한다.

> 중학교 때 이름도 모르는 남자들에게 성폭행을 당하고 정신병원 생활까지 해야 했던 소녀가 가벼운 폭행사건에 연루되어 재판을 받으러 왔다. 아이의 사정이 하도 딱하여 이렇게 말해 주었다.
>
> “네가 비행을 저지르고 살다가 잘못되기라도 하면 그 남자들에게 또 지는 것이다. 아픔은 크겠지만 잘 극복하고 행복하게 살아가는 것이 보복하는 길이라 생각하고 지금부터라도 바르게 살아야 한다. 지금 간직하고 있는 꿈도 꼭 이루도록 해라. 그리고 남들에게 보란 듯이 살아가거라. 힘이 들면 판

"
이 편지는 험한 세상을 헤쳐 나가는
우리 청소년들의 아픈 속살을
선명하게 보여 준다.
"

사님께 연락하고….”

이 말에 다소나마 위로가 되었던지 아이와 어머니는 고개를 숙인 채 애절하게 울었다. 재판을 마칠 때까지 흐느끼던 아이는 법정을 나서며 고맙다고 외쳤다. 그 모습이 오래 마음에 남았다.

얼마 후 그 아이가 편지를 보내왔다. 편지에 학교폭력의 피해자에서 가해자로 전락해 가는 사연이 투명하게 드러나 있어 안타까움이 밀려들었다. 그 아이가 보낸 편지를 소개한다. 이 편지는 험한 세상을 헤쳐 나가는 우리 청소년들의 아픈 속살을 선명하게 보여 준다. 또 우리 아이들이 직면하고 있는 교육 현실이 얼마나 열악한지를 잘 알 수 있게 해 준다.

To. 판사님에게

판사님 안녕하세요? 저는 ○월 ○일 판사님께 재판을 받아 분류심사 4주 위탁을 받아 ○월 ○일 판사님에게 심리를 받게 된 ◇◇입니다. 분류심사 4주를 받았을 때 무엇보다 밖에서 마음대로 행동했을 때와는 다르게 위반해서는 안 될 여러 가지 준수 사항들과 단체 생활이 처음에는 너무나 어렵고 힘들었습니다. 근데 지난 4주라는 시간은 제 잘못을 되돌아볼 수 있고 가족의 소중함을 깨닫게 된 시간이었던 것 같아요.

판사님! 못난 저에게 이런 기회를 주신 판사님에게 너무나도 감사했습니다.^-^! 저희 아빠가 연세도 많으시고 몸도 많이 편찮으시고 아프신데도… 제 잘못으로 인해 재판장에 고개를 숙이고 계신 아빠를 생각하니 눈물이 많이 났던 것 같아요. 저는 어릴 때 아빠랑 사이가 원만하지 못하고 아빠가 저를 싫어하고 저를 미워한다고만 생각했었거든요. 분류심사원에 있는 동안 판사님 책 "아니야 우리가 미안하다", "이 아이들에게도 아버지가 필요합니다"를 읽고 정말 많이 울었습니다. 그 책을 읽었을 때 분류심사원에 위탁되었던 동생들이 '언니 설마 책 보고 울고 있냐?'고 놀리기도 했었어요. 정말 책이 흐물흐물 구멍이 날 정도로 울었었거든요!

판사님 책을 볼 때면 휴지를 꺼내 놓곤 했어요!! 너무나도 힘들고 아픔 속에서 판사님을 만나… 아픔을 이겨내고, 극복하고, 비행을 벗어나 꿈을 갖게 된 친구들이 너무나도 대견하고 멋있다고 느꼈습니다. 또 책을 읽고 느끼게 되었던 것은 과거에 연연한다면 발전할 수 없다고 느꼈습니다. 저는 그동안 과거에 너무 연연했던 것 같아요…. 분류심사원에 위탁되었던 지난 4주 동안에 왜 이 자리까지 오게 됐는지 되게 혼자 생각 많이 했었습니다.

저는 지금과는 많이 다르게 소심한 성격에 뚱뚱하고 못생긴, 흔히 말하는 '전따'였습니다. 집단 폭행도 당했었고, 그러므로 인해 부모님이 학교에 찾아가 친구들에게 다그치면 마마걸이라고 저를 더 힘들게 했었어요. 몸무게가 70kg까지 나가고 되게 뚱뚱하고 못생겼었어요. 학교 다니던 시절에 6학년 수학여행 때는 저랑 아무도 짝지를 하지 않으려고 해서 수학여행도 가지 않았어요. 졸업앨범도 친구들이 저랑 찍기 싫다며 아무도 저랑 찍으려고 하지 않아서 남자 학생들이랑 찍었었고요. 운동회 때도 저랑 하기 싫다며 다그치던 친구들이 생각나요. 그 당시 너무나도 힘들었습니다. 친구들과 사이가 좋지 않은 저와는 다르게 사교성이 좋으신 엄마마저도 혼자가 될 것 같아 엄마에게 학교 졸업식도 오지 말라고 했었어요. 친구들이랑 같이 축하해 주며 사진을 찍을 때 저는 혼자였거든요. 졸업식에도 가지 않았습니다. 빼빼로데이, 발렌타인데이 등등 기념일 날 학교에 가면 친구들 책상에는 과자가 듬뿍 있었던 반면, 저는 빈 봉지 쓰레기와 칠판 분필 가루가 범벅이었고 너무나도 하루하루가 죽고 싶고 힘들었습니다. 그 외에도 학교 끝나고 친구들끼리 모여 다 같이 집에 갈 때면 혼자 가는 제가 한심하고 초라해서 화장실 변기통에 앉아 친구들이 다 집에 갔을 때, 그때서야 집에 가곤 했던 기억이 났어요.

그렇게 죽고 싶었던 초등학교 시절이 끝나고 겨울 방학 때 26kg를 감량했습니다. 먹고 토하고 두 달이라는 시간 동안 새로운 친구들과 어울릴 중학교를 생각하며 악착같이 살을 뺐었습니다. 그 결과는 놀라웠어요. 중학교에 입학하자마자 기존에 있던 친구들과 새로운 친구들이 와~ 대박이라면서 엄청 예뻐졌다며 저에게 관심을 보였어요. 저는 그 관심이 너무나도 좋았고 2, 3학년 언니, 오빠들 눈에 띄기 시작하여 어울리게 되었어요. 그렇게 나쁜 짓도 하고 언니들이랑 친하게 지내자 담배도 피우고 술도 마시게 되었어요. 저는 그 관심이 너무 좋았었어요. 제가 예뻐지고 흔히 말하는 일진이 되자 저를 따돌리던 친구들이 저를 무서워하게 되었어요. 저는 제가 망가지는 게 복수라고 생각했던 것 같아요…. 저를 따돌리던 친구들이 저의 말을 잘 따르고 무서워하니 너무 신기했어요.

그렇게 지난 5년을 너무나도 무의미하게 비행 속에서 반항했던 것 같아요. 그 친구들은 좋은 고등학교 다니며 저와는 다르게 너무나도 잘 살고 있더라고요…. 제 자신이 너무나도 초라합니다. 중학교 졸업도 못한 제가 이렇게 용기를 얻게 되었던 것도 판사님이에요. 일명 판사님의 별명 '천10호 호통 대장 판사님'이 저에게 따뜻한 말씀과 격려를 해 주셨잖아요! 저에게 호통을 치지 않으시고 판사님이 저를 위로해 주신다고 느꼈던 것 같아 너무나도 눈물이 많이 났던 것 같아요. 판사님, 너무나도 감사합니다. 정말 심리 날 재판장에 앉아 계시는 판사님 쪽에 올라가 판사님을 안고 엉엉 울고 싶었습니다. 저를 용서해 주시고 저를 이렇게 용기를 갖게 해 주신 판사님, 너무나 고맙습니다. 할 말이 이게 아닌데 막상 적으려니 기억이 안 나네요….

판사님, 꼭 훌륭한 사람이 되어 두 손 가득 맛있는 거 들고 판사님께 찾아뵙고 싶습니다! 다시는 비행에 휩싸이지 않을게요. 고맙습니다, 사랑합니다. 판사님.

◇◇ 올림

이 편지를 여기에 소개하는 것은 편지의 주인공과 같은 아픔을 경험하는 아이들이 더 이상 나오지 않기를 바라는 마음에서이다. 이 아이의 고백을 통해서도 알 수 있듯 폭력은 또 다른 폭력으로 끊임없이 순환된다. 알면서도 악을 방치하는 것은 폭력에 가담하는 것과 마찬가지다. 세상의 모든 폭력을 없앨 수는 없겠지만 사회 구성원 모두가 힘을 합해 폭력이 아이들의 삶을 망가뜨리는 것만은 막아야 한다. 모든 아이들이 웃을 수 있는 가정, 학교, 거리를 만들어 가도록 노력해야 한다. 이보다 더 가치로운 일이 또 어디에 있겠는가?

우리의 무관심 속에 날로 확산되는 또 다른 음지가 있다

… 학교폭력만큼이나 관심이 모아져야 함에도 그렇지 못한 거대한 음지가 있다. 그것은 바로 '사이버 폭력과 비행' 문제와 SNS 중독, 스마트폰 중독, 게임 중독, 사이버 도박 중독 등과 같은 '사이버 중독' 문제이다.

사이버 폭력이란 '인터넷이나 인터넷과 관련된 기술상에서 발생하는 폭력'을 일컫는데, 이 중 청소년들이 저지르는 사이버 폭력은 SNS를 통해 발생하는 경우가 많다. 카카오톡(이하 카톡)에 단체 대화방(이하 단톡방)을 만들어 특정 아이를 놀리고 비방하거나 심지어 피해 아이에 대한 모욕적인 사진까지 올려서 조롱하는 폭력이 있다. 실제로 어떤 아이는 친구의 성기를 촬영한 동영상을 단톡방에 올리기도 하였다. 이러한 폭력은 은밀히 진행되기 때문에 대화방 참여자가 아닌 외부인은 알기가 어렵다는 것이 그 특징이고, 참여자 중 누군가가 그 사실을 알리지 않는 한 사건화되지도 않는다. 이 밖에도 피해자를 단톡방에 초대해 놓고 그 아이가 들어오면 기다렸다는 듯이 한꺼번에 방을 빠져나가거나, 그와는 반대로 입장하는 순간 일제히 욕설과 조롱을 퍼붓는 방식으로 피해자를 괴롭히는 경우도 있다. 참지 못한 피해자가 방을 빠져나가면 다시 초대하고, 다시 방을 빠져나가면 또다시 초대하는 식의 행위를 수십 번씩 반복하며 괴롭힌다.

게임이나 채팅을 하면서 대화창에 차마 입에 담을 수 없는 욕설을 하거나, 카톡이나 페이스북을 통해 상대를 협박하여 돈을 뜯어내는 것은 이제는 아주 흔한 일이 되어 굳이 강조할 필요도 없을 정도이다. 또 어떤 아이들은 인터넷 채팅 등을 통해 알게 된 여자아이를 구슬려 가슴 부위 사진을 받은 다음, 그 사진을 인터넷이나 페이스북 등 SNS에 올리겠다고 협박하여 이에 겁을 먹은 아이로부터 은밀한 신체 부위 사진을 받아내거나 자위행위 장면을 촬영한 동영상을 보내게 하기도 하고, 심지어 피해 아이를 불러내어 성추행을 하거나 성행위를 강요하기도 한다.

사이버를 이용한 비행에도 관심을 가져야 하는데 그중 하나가 물품 등의 판매를 빙자한 인터넷 사기 비행이다. 청소년비행 가운데 현재 가장 기승을 부리고 있고, 그 심각성을 더해 가고 있다. 10여 년 전에 청소년비행 중 큰 부분을 차지했던 본드, 니스나 부탄가스 흡입과 같은 약물 비행은 자취를 감춘 반면, 인터넷을 이용한 사기 비행은 날로 증가 추세에 있다. 사기의 미끼로 쓰이는 물품에는 휴대폰이나 고가의 패딩 외에도 분유나 컨테이너 박스까지 등장하고 있을 정도이고, 이로 인해 비교적 손쉽게 큰 액수의 돈을 마련할 수가 있어서 청소년들의 방탕이나 가출을 조장할 여지가 크기 때문에 관계 기관의 대책 마련이 필요하다. 특히 인터넷 사기 비행으로 마련한 돈은 주로 모텔비 등 숙식비로 사용되지만, 개중에는 유흥비나 인터넷 도박비로 쓰는 아이들도 꽤 많아서 또 다른 범죄로 이어질 가능성이 큰 만큼 관계 기관의 대처가 시급한 실정이다.

또 다른 사이버 비행 중 하나는 성과 관련된 비행이다. 어떤 아이들은 포인트를 적립해 아이템 등을 구입하기 위해 다른 곳에서 음란물을 퍼와 인터넷에 올린다. 또 어떤 아이들은 협박하여 받은 음란성 영상물을 인터넷에 올리기도 한다. 이 비행은 음란물을 올리는 데 그치는 것이 아니라 음란물 중독에 이르게 할 수도 있어 세심한 주의를 요한다.

한 번은 이런 경우도 있었다. 한 초등학생 아이가 수업

“

우리의 무관심 속에 날로 확산되는

또 다른 음지가 있다.

사이버 폭력과 사이버 비행,

그리고 SNS와 인터넷 중독 등 '사이버 중독'

문제가 바로 그것이다.

”

이 시작되기 직전에 스마트폰으로 음란물을 보자, 다른 아이들이 우르르 몰려들어 함께 음란물을 시청했다고 한다. 그런데 그중 한 아이가 음란물을 접한 뒤 성적 호기심을 이기지 못해 길을 지나가는 여성의 가슴과 음부를 만지다가 붙잡혀 성추행 죄로 재판까지 받게 되었다. 이 아이의 어머니는 아이가 음란물을 보지 못하게 하려고 집에 컴퓨터를 두지도 않았고, 아이를 피시방에 보내지도 않았으며, 아이에게 스마트폰조차 사주지 않았는데 이런 일이 발생했다며 아주 당혹스러워했다. 내 아이만 단속한다고 해서 될 일이 아니라는 것을 보여 주는 사례인 셈이다. 심히 우려스러운 점은 이러한 성추행 비행이 날이 갈수록 증가 추세에 있다는 것이다.

성 관련 비행은 남자아이들을 넘어 여자아이들에게도 급속히 번져 가고 있다. 여자아이들 중에도 여자 친구의 옷을 벗겨 나체로 만든 상태에서 사진이나 동영상을 촬영하여 친구들에게 전송하거나 페이스북에 올리는 아이들이 있는가 하면, 강제로 성매매(원조교제)를 시키고 매매대금은 자신들이 챙기는 아이들도 있다. 이러한 원조교제를 하는 데 있어서는 일명 '즐톡', '앙톡' 등과 같은 채팅 앱이 가장 많이 이용되고 있는데, 우리 사회에는 무료 와이파이 지역이 많기 때문에 스마트폰 공기계만 있으면 페이스북이나 카톡을 통해 쉽게 성매매 상대를 찾을 수가 있는 실정이다.

다음은 지금까지 소년재판을 하면서 가장 충격적인 사건이었기에 이 자리를 빌려 소개한다.

초등학교 6학년 여자아이 2명이 같은 반 여자아이가 자위를 한다는 등의 소문을 들었다. 가해자인 두 아이는 피해자인 여자아이에게 자위를 하느냐고 물었다. 가해 아이들이 무서웠던 피해 아이는 순순히 그렇다고 대답했다. 그러자 가해 아이들이 피해 아이를 화장실로 데려가 자위행위를 강요했고, 피해 아이는 왕따를 당하지 않기 위해 어쩔 수 없이 그 아이들이 시키는 대로 했다. 재미를 붙인 가해 아이들은 그 이후 수시로 피해 아이를 화장실로 데려가 자위행위를 강요했고, 어떤 때는 볼펜 등을 사용하여 피해 아이에게 성적 가혹 행위까지도 서슴지 않았다. 비행은 여기에서 그치지 않았다. 가해 아이들은 반 친구들에게 피해 아이가 자위행위를 한다며 화장실로 가서 보자고 하였고, 실제로 10여 명의 여자아이들이 화장실로 따라갔다. 그중 일부는 도중에 되돌아왔지만 나머지는 자위행위를 함께 목격하였다.

이상의 사례들은 충격적인 내용임에도 불구하고 내가 지난 8년 동안 소년재판을 하면서 겪은 사건들 중 지극히 일부에 불과하다. 인터넷을 직접적으로 이용한 비행과 인터넷이 간접적인 원인이 되어 발생하는 비행은 이제 청소년비행의 가장 큰 부분이 되었다. 문제는 인터넷이나 스마트폰을 이용한 행위나 비행은 거기에서 그치지 않고 행위자에게 중독이라는 무서운 증상을 안겨 준다는 것이다. 뇌의 발달이 진행 중에 있는 청소년에게 중독이 치명적일 수 있다는 것은 누구나 다 아는 사실이다. 인터넷 중독, 페이스북 등 SNS 중독, 게임 중독, 음란물 중독, 사기 중독, 인터넷을 이용한 도박 중독은 현 시대를 살아가는 청소년들에게 가장 위협적인 요소가 되고 있다. 꽤 오래 전 발생했던 사건이지만 게임 중독의 폐해가 어느 정도인지 알려 주는 사건이 있어 간략하게 소개한다.

> 폭력게임에 중독된 두 아이가 있었다. 이 아이들은 서로 전혀 알지 못하는 사이였으나 피시방에서 같은 게임을 하다 알게 되었고, 결국에는 게임을 통해 습득한 방식으로 사람을 죽이기로 의견을 모았다. 그러던 어느 날 길을 지나가는 연인을 살해하려다가 실패한 두 아이는 택시를 타고 김해의 어느 으슥한 곳으로 갔다. 그리고 그 자리에서 택시 기사를 살해했다. 구치소에 구금되어 있는 아이들에게 국선변호인이 찾아가 접견을 했다. 아이들은 변호인에게 그 택시 기사를 죽인 것보다 더 잔인하고 더 신속하게 사람을 죽여야겠다는 생각이 머리에서 떠나지 않는다는 충격적인 진술을 하였다.

2008년에 발생한 이 사건은 '묻지마 범죄'의 전형을 보여 준다. 묻지마 범죄를 저지르는 가해자들의 정신심리 상태는 대부분 비정상적이라고 할 수 있는데, 그 원인은 다양하다. 이 사건과 같이 게임 중독이 원인이 된 경우가 있는가 하면 조현병(정신분열증)이나 사회에 대한 심한 적개심이 원인이 되기도 한다. 최근 '강남역 10번 출구 살인사건'으로 묻지마 범죄에 대한 사회적 이목이 집중되고 있는데, 이러한 유형의 범죄는 이미 오래전부터 발생하고 있었던 것이다.

과거에는 중독이라고 하면 마약, 본드 등과 같은 약물이나 알코올, 그리고 도박판을 전전하는 도박 중독이 대부분이었다. 또 중독에 대한 사회적 시선은 좋지 않았으나 중독으로 어려움을 겪는 사람들도 우리 사회 구성원 중 일부로 받아들여졌다. 하지만 지금 우리 사회를 지배하는 중독은 전통적인 약물이나 알코올과 같이 손에서 손으로 전달할 수 있는 것들이 아니라 인터넷을 통해 언제 어디서나 소통할 수 있는 방식이기 때문에 어린이에서 노인에 이르기까지 전 세대에게 영향력을 끼치고 있다. 뿐만 아니라 예전보다 해악의 정도가 극심하여 해결하기에 큰 어려움이 따른다는 특징이 있다.

특히 한국은 세계에서 가장 잘 정비되어 있는 인터넷 통신망을 자랑하기 때문에 전 세계에서 가장 빠른 속도로 중독이 확산되고 있는 곳이라는 역설이 발생한다. 지하철을 타 보면 대부분의 사람들이 책이나 신문 대신에 스마트폰에 빠져 있는 것을 발견하게 된다. 고개를 숙인 채 자신의 관심 분야를 읽어 내려 가거나 카톡이나 페북을 통해 지인들과 대화를 하고 있는 것을 보고 있노라면 나날이 황폐화되어 가고 있는 우리 사회의 단면을 엿볼 수 있다. 앞으로 우리 공동체가 어떤 방향으로 흘러갈지 개인적으로는 두려움마저 생길 정도이다.

이제 중독의 문제는 우리 사회의 존립의 문제로까지 확대되어 가고 있는 것 같다. 지금 우리 사회에서 발생하는 중독들은 사회 구성원 모두에게 강한 영향력을 끼치고 있을 뿐만 아니라 미래 사회의 주역인 청소년들에게는 더욱더 치명적인 영향을 미치고 있기 때문이다. 중독의 가장 큰 어려움은 중독에 빠진 당사자의 의지나 가족의 조력만으로는 한계가 있다는 것이다. 앞에서 보았듯이 부모가 자신의 아이에게 음란물을 보여주지 않으려면 친구 관계까지 통제해야 하기 때문에 현실적으로 쉽지가 않은 것이다. 그렇다면 답은 어디에서 찾아야 할까?

한 아이가 있다. 중학교 2학년생인 이 아이는 게임 중독으로 학교에 가지도 않을 뿐만 아니라 하루 종일 방 안에 틀어박혀 나오지도 않고 게임만 했다. 식사는 주변 식당에서 주문을 하여 방 안에서 마친 후 방문 밖으로 빈 그릇만 내어놓은 뒤 다시 게임을 하는 생활을 하고 있었다. 소위 '히키코모리

(은둔형 외톨이)'였다. 아이를 그대로 두면 안 되겠다는 생각을 한 어머니는 학교에 도움을 요청하였고, 학교에서는 학업복귀지원센터 틴스토리에 아이의 사정을 알렸다. 틴스토리는 '㈔SFC청소년교육센터'의 부설기관으로, 장기 결석생이나 자퇴한 학생들을 대상으로 소통과 대화, 전문 프로그램을 통해 학업 복귀를 돕는 활동을 벌여 2015년 교육부 장관상까지 받은 단체이다. 틴스토리의 간사들은 그 집으로 달려가 아이를 방에서 나오게 만들고자 하였다. 그러나 아이의 강한 저항에 부딪혀 실패하였고, 하는 수 없이 통고처분을 신청하여 부산가정법원에 도움을 요청하였다. 당시 통고처분 사건을 담당하고 있던 나는 경찰에 긴급동행영장을 발부하여 아이를 법원까지 데리고 오도록 요청하였고, 결국 아이는 경찰에 의해 억지로 방 밖으로 나오게 되었다.

그 후 아이는 상담 등을 통해 게임 중독 치료를 받고 있으며, 아직까지 아이의 상태가 완전히 회복된 것은 아니지만 눈에 띄는 변화를 보이고 있다고 한다. 특히 사단법인 만사소년에서 실시한 '2인 3각 멘토링 여행'이 아이의 회복에 큰 기여를 했다. 이처럼 문제를 가진 아이가 법원 등의 도움을 받아 실제로 회복되어 가고 있는 것을 보면 여러 기관이 협조해서 일을 진행하는 것이 훨씬 효율적이라는 것을 알 수 있다. 답은 바

"

세상 어디에도 혼자 크는 아이는 없다.

아이를 둘러싼 환경은

모두 어른들이 제공한 것이다.

따라서 그 해결의 실마리도

어른들이 풀어야 한다.

"

로 연대에 있는 것이다.

흔히 청소년을 두고 미래 사회의 자원이요, 주인공이라고들 한다. 그러나 말만 번지르르할 뿐 선거권이 없다는 이유로 청소년들을 위한 정책에는 너무나 인색하다. 어디 그뿐인가? 아이들의 바람직한 성장을 저해하는 위험 요소가 곳곳에 널려 있다. 학원은 많아도 아이들이 마음 놓고 뛰어놀 수 있는 공간은 턱없이 부족하다. 있다고 해도 아주 어릴 때부터 입시와 진로를 위한 스펙 경쟁으로 내몰리는 바람에 놀 시간이 없다. 그나마 학원에서 학원으로 이동할 때나 겨우 생기는 자투리 시간에도 햇빛과 바람이 통하는 현실 공간이 아닌 사이버 공간에서 놀 뿐이다.

그럼 청소년들에게 제공되고 있는 사이버 환경은 안전한가? 그렇지 않다. 부모가 관심을 가지고 감시 아닌 감시를 해도 끊임없이 틈새를 파고드는 음란물과 폭력물을 완전히 차단하기란 쉽지 않다. 그러다 보니 미성숙한 아이들은 음란물과 게임물에 중독되기도 쉽고, 한번 중독이 되면 벗어나기가 너무도 어려운 실정이다.

청소년비행이 사회적인 이슈가 될 때마다 사람들은 요즘 아이들은 전과 달리 영악하다며 아이들 탓을 한다. 그러나 세상 어디에도 혼자 크는 아이는 없다. 아이들을 둘러싼 환경은 모두 어른들이 제공한 것이다. 따라서 그 해결의 실마리도 우리 어른들이 풀어야 한다. 아이들의 문제로만 접근해서는 절대 해결될 수가 없는 것이다. 더 나아가 사이버 폭력과 사이버 비행, 사이버 중독과 같은 문제도 개인과 가족을 넘어 사회와 국가가 함께 나서지 않으면 해결될 수가 없다.

지나치게 근원적인 접근이 아니냐고 생각할 수도 있다. 그러나 깊은 성찰에서 나온 근본적인 변화가 없는 한 폭력과 중독의 위험성으로부터 아이들을 보호하기는 어렵다. 한 아이를 키우려면 온 마을이 필요하다는 아프리카 속담을 기억하면서 우리 모두 미래의 주역인 아이들을 위해 지금 이 순간부터 노력하고 행동해야 한다. 그래야만 대한민국의 미래가 조금이라도 더 밝아질 것이고, 아이들의 밝고 건강한 웃음소리를 다시 들을 수 있을 것이다.

회복적 정의가 필요하다

… 흔히 범죄자에게 응당한 벌을 내리는 것이 사회정의의 실현이라고 생각한다. 그러나 '응보'로 해결하는 사법적 정의만으로 피해자와 공동체의 필요를 충족시키기는 어렵다. 응보 외에 '회복'이 함께해야 한다. 왜 그럴까?

사법에서의 정의는 사회적 가치가 적정하게 분배되지 못하거나, 적정하게 분배된 사회적 가치를 침탈당하거나, 그 누림에 방해가 있을 경우에 이를 바로잡는 '시정적 정의'가 핵심을 이룬다. 나아가 사법에서의 시정적 정의는 '응보적 측면'과 '회복적 측면'으로 나눌 수 있다. 응보적 측면이란 어떤 행위를 저지른 자에 대하여 그가 저지른 행위에 상응한 조치를 가하는 것을 의미하고, 회복적 측면이란 개개 사건에서 당사자가 원하는 상태로의 회복이나 보상이 이루어지게 하거나 관계의 회복이 이루어지도록 돕는 것을 말한다. 이런 응보와 회복은 범죄에 대한 대응 방식에서도 드러난다.

범죄에 대한 대응으로써 회복적 측면을 강조하는 이론이 이른바 '회복적 사법론'이다. 이는 범죄를 국가 내지 개인에 대한 법익 침해 행위 등으로 보는 '응보적 사법론'과는 달리 '근본적으로 사람에 대한, 그리고 사람들 사이의 관계에 대한 침해'라는 관점에서 바라본다. 회복적 사법론은 가해자에 대한 엄벌이라는 응보적 대응만으로는 범죄 피해자의 상처가 완전히 치유·회복되기 어렵다고 보기 때문에 가해자에 대한 엄벌만이 피해자를 위한 최선의 배려라는 생각을 지양하고, 피해자의 정신심리적 상처의 치유와 가해자의 진심 어린 사죄를 출발점으로 하는 관계 회복이 진정으로 피해자를 위한 길임을 강조한다.

회복적 사법론에서는 회복적 사법을 '가능한 한 잘못을 바로잡고 치유하기 위하여, 특정한 가해 행위에 이해관계가 있는 사람들을 최대한 관여시켜, 피해와 니즈(needs), 그리고 의무를 함께 확인하고 다루는 과정'이라고 정의한다. 이 관점에서 보면 우리 형사사법에는 아직 회복적 사법의 이념이 제대로 반영되고 있다고 하기 어렵다. 소년법에서 회복적 사법의 이념을 반영하는 제도로는 '화해권고제도'를 들 수 있다. 이는 판사가 가해 소년의 품행을 교정하고 피해자를 보호하기 위하여 필요하다고 인정할 경우 가해 소년에게 피해 변상 등 피해자와의 화해를 권고할 수 있고, 가해 소년이 권고에 따라 피해자와 화해하였을 경우에는 소년보호처분을 결정할 때 이를 고려할 수 있도록 한 제도이다.

화해권고제도를 이용한 피해자들의 만족도는 매우 높은 편이다. 그럼에도 이 제도의 활용도는 그리 높지 않다. 특히 학교폭력 사건 등과 같은 관계적 범죄에는 회복적 사법이 작동되어야 할 필요성이 아주 높지만, 절차에 회부해도 피해자 측이 화해의 장에 서는 것을 꺼리는 경우가 많다. 그 이유는 가해자와 대면하는 것이 불편하고, 때로는 두려울 뿐만 아니라, 일단 사건화된 이상 화해보다는 엄벌을 통한 응보를 바라기 때문이다. 게다가 법원까지 사건이 접수되어 오는 동안 화해할 수 있는 적절한 시점이 있었을 것인데, 이를 놓쳐 피해자 측의 감정을 악화시키는 것도 이 제도의 활용도를 낮추는 요인으로 작용한다.

하지만 이보다 더 근본적인 문제가 있다. 사회에서 발생하는 각양각색의 범죄를 보면 범죄 이전의 가해자와 피해자의 관계는 다양한 형태를 띠고 있다. 회복적 사법의 최종 목표는 그러한 관계들을 깨어지기 전의 상태로 회복하는 데 있다. 그러나 범죄의 당사자, 특히 피해자 측이 관계의 회복을 원하지 않는 경우에는 회복적 사법은 한계에 봉착할 수밖에 없다. 예를 들어 가정폭력 사건에서 피해자가 가해자와의 관계 회복을 바라지 않는 경우, 사건은 피해 변상 정도로 마무리되고 부부 관계는 파국을 맞게 된다. 학교폭력 사건의 경우에도 피해 학생이 가해 학생과의 관계 회복을 바라지 않는 경우에는 가해자로 하여금 반을 바꾸게 하거나, 전학을 가게 하거나, 심한 경우에는 퇴학하게 하는 조치가 동원될 수밖에 없다. 결국 회복적 사법이 성공적으로 작동할 수 있으려면 회복되어야 할 관계가 있어야 하고, 당사자 모두가 그 회복을 바라고 있어야 한다.

그런데 지금 우리 사회는 가정 해체율이 매우 높고, 사회 공동체의 연대 의식은 점점 약해져 가고 있다. 학교가 '관계 맺기 교육'보다는 '성적 경쟁'을 우선시하다 보니 학생들 사이의 유대감도 매우 희박한 상태다. 문제는 이런 상태에서 갈등이나 범죄가 발생한 경우 어차피 회복될 관계가 없다는 생각에 '관계 회복'보다는 관계의 파탄을 초래할 가능성이 높은 '처벌'에 무게를 두게 된다는 점이다. 그러나 이런 형태가 고착되어 갈수록 사회의 통합이나 연대는 점점 더 힘들어질 수밖에 없고, 종국에는 사회 전체의 행복지수를 떨어뜨리는 요인이 될 것이라는 사실을 간과해선 안 될 것이다.

“

'응보'로 해결하는 사법적 정의만으로
피해자와 공동체의 필요를 충족시키기는 어렵다.
응보 외에 '회복'이 함께해야 한다.

”

결국 회복적 사법의 활성화는 사회의 연대감의 강화와 밀접한 관련성이 있다. 이는 약해져 가는 사회적 관계의 고리를 강화하는 것이 범죄 피해자를 비롯한 사회 구성원 전체에게 진정으로 유익한 길이라는 뜻이다. 이것이 바로 피해자의 치유와 회복을 강조하는 회복적 사법이 폭넓게 도입되어야 하는 이유다.

4

정의를 강물처럼

— 상선약수(上善若水) —

정의는 언제 문제가 되는가

… 정의는 흔히 불변의 관념으로 여겨지나 각 시대와 상황이 당면한 문제를 풀기 위해 다양한 모습으로 변화해 왔다. 더욱이 복잡해진 현대사회에서 어느 관점이 옳다 그르다 잘라 말할 수 없으리라.

하루는 나에게 소년원에서 6개월간 생활해야 하는 9호 처분을 받았던 승철(가명)이라는 아이가 법원으로 찾아왔다. 소년원 생활을 포함해 이런저런 이야기를 나누고 헤어졌는데, 이틀 뒤 메일이 왔다. 나를 직접 만났을 때 떨려서 물어보지 못한 것이 있다며 승철이가 보낸 것이었다.

판사님, 제가 소년원에 있는 동안 많은 아이의 처분 내용을 들을 수 있었습니다. 매일 들은 재판 결과를 하나하나 적어 두고 같은 판사로부터 나온 죄명이나 죄질 등을 비교하면서 형평성 문제를 곰곰 생각해 보았습니다. 한 번은 과자를 훔친 아이는 소년원에서 2년간 지내야 하는 10호처분을 받았는데, 특수강도를 저지른 다른 아이는 비교적 가벼운 처분으로 사회로 나가게 되었다는 이야기를 들은 적도 있습니다. 뭔가 많이 어긋나고 이상하지 않습니까?

나름대로 재판의 공정성에 의문을 제기한 승철이에게 다음과 같은 질문으로 답변을 대신해 주었다.

승철이의 의견에는 충분히 공감이 간다. 승철이가 의문을 가지는 부분에 관해서는 판사님의 책에 어느 정도 답변을 해 두었으니 정독해서 답을 찾을 때까지 몇 번이고 읽어 보렴. 그리고 한 가지 질문을 하마. 지금까지 수십 번의 비행을 저지른 아이가 과자를 훔친 경우와 비행 전력이 전혀 없는 아이가 처음으로 특수강도를 저지른 경우, 두 아이에게 어떤 처분을 내리면 좋을까?

승철이의 의문은 소박하지만 판사직과 재판의 정곡을

찌르는 것이었다. 판사들의 재판은 그 절차와 결과가 법률에 위배되지 않는 한 적법한 것이 된다. 하지만 개별 사건에서의 재판 절차가 편파적으로 진행되거나 다른 사건의 재판 결과와 비교해 편차가 심한 경우에는 재판의 공정성에 의심을 받게 된다. 더 나아가 재판이 적법하고 공정하다고 해도 정의의 관점에서 볼 때 받아들이기 어려운 재판이 있다. 결국 국민들은 판사들의 재판을 '적법한 재판', '공정한 재판', '정의로운 재판'으로 나누어 보고 있는 것이다. 판사들이 최종적으로 달성하고 싶은 것이기도 하고, 주권자인 국민들이 기대하는 바이기도 한 것이 바로 재판을 통해 정의를 세우는 일이다.

재판이 정의로운지를 판단하려면 먼저 정의가 무엇인지 알아야 한다. 이를 간단히 말하기는 어려우나 내가 생각하는 정의는 '생명, 자유, 소득과 부, 권리와 의무, 권력과 기회, 공직과 영광' 등 이른바 '사회적 가치'의 분배 상태에 대한 평가와 개선에 관한 문제이다. 이렇게 보면 정의의 문제는 현재의 분배 상태를 평가하는 데 그치는 정태적인 것이 아니라 보다 나은 개선 방향을 제시하는 동태적인 것이다. 이를 기초로 접근하면 정의가 문제되는 국면은 크게 세 가지가 된다.

첫째, 사회적 가치의 향유 국면이다. 개인이 자신에게 이미 분배된 사회적 가치를 제약 없이 누리는 것이다. 이 국면에서 개인은 생명이나 신체의 안전을 위해 적절한 조치를 취하고, 타인에게 해를 끼치지 않는 한 자유롭게 행동하며, 자신에게 분배된 소득과 부를 타인의 눈치를 보지 않고 처분할 수 있다. 그리고 정당하게 취득한 권력과 기회, 공직과 영광을 그 목적에 맞게 행사하거나 누릴 수 있다. 만약 사회적 가치의 향유를 방해받았거나 방해받을 우려가 있다면 적법한 절차에 따라 그 시정이나 예방을 요구할 수도 있다.

둘째, 사회적 가치의 확대 국면이다. 사회적 동물인 인간은 사회경제적 활동을 통해 자신에게 분배되는 사회적 가치를 확대시켜 나가고, 이를 통해 자아를 확장시켜 나간다. 자산이 없는 개인은 노동의 제공을 통해 소득을 얻고, 반대로 자산을 가진 자는 자산과 제공받은 노동을 결합해 얻은 수익으로 부를 창출해 나간다. 다만 아동 노동은 거래의 대상이 되지 못하는데, 이를 허용할 경우 아동이 인간으로서의 존엄성을 잃게 될 우려가 있기 때문이다. 한편, 재화의 거래에서 매수인은 재화를 얻는 대신 매수대금만큼의 부가 감소되지만 매도인은 거래를 통해 발생한 이윤만큼 부가 확대된다.

사회적 가치의 확대 국면에서는 '공정한 거래'와 '공정한 경쟁'이 핵심 쟁점으로 대두된다. 공정한 거래 문제는 급부와 반대급부 사이의 형평성 문제다. 법이 정한 최저임금에 미달하는 급여를 받는 경우, 동일한 노동을 제공하고도 하청업체 직원 또는 비정규직 직원이라는 이유로 원청업체 직원들이나

"

정의의 문제는

현재의 분배 상태를 평가하는 데 그치는

정태적인 것이 아니라

보다 나은 개선 방향을 제시하는

동태적인 것이다.

"

정규직 직원들보다 낮은 급여를 받는 경우가 여기에서 다루어지는 문제고, 독점적인 지위를 이용하거나 사재기를 통해 폭리를 취하는 경우도 여기에서 다루어지는 문제다.

공정한 경쟁 문제는 기회, 조건, 절차와 같은 경쟁의 룰을 공정하게 만들어 경쟁의 결과가 매번 특정 경쟁자에게 귀속되는 것을 사전에 예측할 수 없게 하는 것이다. 예를 들어 토끼와 거북이의 달리기경주는 동화가 아닌 현실에서는 승패가 항상 예측되기 때문에 공정한 경쟁이라고 할 수 없다. 불공정한 거래와 경쟁은 사회적 가치 분배의 왜곡을 초래할 수 있고, 장기적으로는 사회적 불평등을 심화시켜 나간다. 이와 관련해 민법 제104조, 공정거래법 등에서 폭리행위나 불공정한 행위를 단속하고 있으나 그것만으로는 한계가 있다. 소득과 부의 적정한 분배가 이루어지는 정의로운 사회를 만들고자 한다면 공정한 거래와 경쟁은 반드시 달성되어야 하고, 이는 신뢰 사회를 이루기 위한 초석임을 잊어서는 안 된다.

셋째, 사회적 가치의 조정 국면이다. 사회적 가치 보유의 차이는 불평등을 초래한다. 사실 인류 역사에는 평등한 시대보다는 불평등한 시대가 더 많았으며, 오늘날에는 불평등 정도가 더욱 심화하고 있다. 그런데 정의 문제를 논하는 것은 사회적 가치의 분배 상태를 평가하고 그 개선 방향을 모색하기 위함이라고 했으므로, 현재의 불평등 상태가 상호성에 바탕을

둔 공동체 구성원 간의 연대를 깰 정도에 이르렀다면 그러한 상태는 반드시 개선되어야 한다. 이를 부정하여 불평등 상태를 고착시키거나 심화시켜 나가는 것은 '정의는 강자의 이익'이라는 고대 그리스의 소피스트인 트라시마코스의 주장이 옳다는 것을 증명하는 꼴밖에 되지 않는다.

분배 상태의 불평등을 조정하는 방법은 국가가 시행하는 복지정책과 개인이 자발적으로 베푸는 자선 행위가 있다. 복지정책은 보통 국민건강보험 등과 같이 소득에 비례하여 책정되는 보험료를 납부하고 혜택은 필요한 만큼 누리는 '사회보험', 인간다운 생활에 필요한 최저생계비 지원을 위한 국민기초생활보장제도와 같은 '공적부조', 의무교육의 실시와 같은 '보편 서비스'로 나뉜다. 그리고 이러한 정책을 실현함에 있어 필요한 재원은 세금 등을 통해 조달되기 때문에 조세정책은 복지정책의 실현에 필수적인 밑바탕이 된다.

그런데 문제는 사람들이 자신들의 정의관에 따라 정의의 국면을 본다는 것이다. 극단적인 경우에는 사회적 가치의 향유 국면만이 정의의 문제라고 생각하는 사람도 있다. 하지만 법관으로서는 정의의 문제를 판단함에 있어 위의 세 국면 모두를 들여다보지 않을 수 없다. 그리고 모든 국면을 고려했을 때 정의란 '사회적 가치를 적법·공정하게 분배하고, 분배된 사회적 가치를 배타적으로 향유할 수 있게 하는 것'이며, 이것이 바로 법관이 수호해야 하는 정의다.

사회적 가치를 분류해 볼 때 사회 구성원에게 플러스(陽)적 영향을 미치는 것과 마이너스(陰)적 영향을 미치는 것이 있다. 생명과 자유, 소득과 부, 권리, 권력과 기회, 공직과 영광 등의 분배는 전자의 경우이고, 의무의 분배는 후자의 경우다. 의무의 분배에는 국방의무, 납세의무, 국가의 형벌권을 수용할 의무 등이 있다. 결국 정의로운 사회는 '사회적 가치가 적정하게 분배되고 분배된 가치를 제약 없이 누리고 있는 사회'라 하겠고, 정의의 문제는 분배의 적정성 문제로 집중된다.

개별적 가치 분배의 적정성에 관해서는 세부적인 담론이 이루어지고 있는데, '조세정의', '경제정의', '복지정의', '사법정의' 등이 그것이다. 사법정의에서는 권리와 의무의 분배가 적정히 이루어지고 있는지, 국가의 형벌권이 적정하게 행사되고 있는지 등의 문제를 주로 다룬다. 그런데 사법정의의 영역만 판단해서는 '정의로운 재판'이라고 하기 어려운 재판이 있다. 바로 사법과 복지가 만나는 '소년보호처분재판'이다.

아버지의 심한 가정폭력으로 인해 가정이 해체되어 어머니와 생활을 하던 중학교 1학년 쌍둥이 형제가 어머니의 우울증 등으로 인해 가정의 보살핌을 제대로 받지 못하자 상습적으로 절도를 저질러 재판을 받게 된 경우, 이 아이들의 나이가 어리고 비행 정도가 경미하다는 이유로 아무런 조치 없이 어머니에게 위탁하는 처분을 내린다면 그 재판이 과연 정의로운 재판이라고 할 수 있을까? 이런 경우에는 재범 방지 차원에서라도 국가와 사회가 나서서 그 아이들에게 대안가정이라도 마련해 주는 것이 정의롭다고 할 수 있을 것이다.

인간의 얼굴을 한 정의

… 로마의 법률가 울피아누스가 '정의는 각자에게 그의 정당한 몫을 나누어 주려는 변함없고 영원한 의지'라고 하였듯이, 정의란 각자에게 그의 몫에 해당하는 사회적 가치를 분배해 주고 그 가치를 향유할 수 있게 하는 것이다. 그런데 인간사회에서는 분배된 가치에 대한 침탈이 발생하기도 하고, 구성원 간의 가치의 분배 격차가 심화되어 가기도 한다. 이러한 가치의 침탈과 분배 격차 심화 상태를 그대로 두는 것은 사회적 가치의 적법·공정한 분배라는 정의의 이상에 어긋난다. 그럼 어떻게 해야 할까? 이와 같은 상황을 앞에 두고 정의는 다음과

같은 권능을 행사한다.

첫째, 개인이 보유한 사회적 가치를 배타적으로 누리게 한다. 이는 정의론의 출발점이 되는 권능으로, '향유적 정의'라고 하겠다. 이로 인해 각 사람은 생명, 자유, 재산 등 타인에게 분배된 가치에 대해 배려하고 존중할 의무를 진다. 더 가진 자에 대한 사람들의 시기까지는 막을 길이 없겠으나, 누구에 의해서도 어떤 명목으로도 타인이 보유한 가치에 대한 침탈이 있어서는 안 되며 만약 그런 일이 발생할 경우, 정당방위권이나 저항권도 행사할 수 있다. 다만 국가안전보장, 질서유지, 공공복리를 위한 경우에는 필요에 따라 법률로써 제한할 수는 있으나, 이 경우에도 그 본질적인 내용이 침해되어서는 안 된다.

둘째, 가치 침탈이 있는 경우 바로잡게 한다. 이러한 권능을 '시정적 정의'라고 한다. 시민들의 삶 속에는 매매대금을 모두 지급받고도 약속한 물건을 주지 않거나, 실제 가격에다 수십 배의 이익을 붙여 판매해 과도한 폭리를 취하거나, 물건을 훔치고 다른 사람의 신체나 생명을 해치는 등 사회적 가치에 대한 다양한 형태의 침탈이 존재한다. 그런데 이를 그대로 방치하는 것은 침탈자에게 면죄부, 다시 말하면 사회적 가치를 침탈해서 향유할 특권을 인정해 주는 꼴이 될 뿐이고, 사회를 자유와 권리가 보장되지 않는 '만인의 만인에 대한 투쟁 상태'로 되돌아가게 만들 수도 있다. 때문에 개인의 자연권 보장

"

근대 이후 유럽을 필두로

신분적 평등과 정치적 평등이 이루어졌으나

경제적 평등은 현대에 이르러서도

여전히 숙제로 남아 있다.

"

을 기치로 하는 근대 법치국가 사상이 정립된 이후로는 이러한 불법과 탈법 행위들로 인한 부정의에 대해 실정법 규정을 통해 적절한 조치를 취할 수 있도록 장치를 마련해 두고 있다. 그러나 시정적 정의를 실현하는 과정에서도 과도한 배상을 하게 하거나 죄와 형벌이 균형을 잃는 등 과잉 대응을 해서는 안 된다. 이는 인간의 자유와 권리라는 사회적 가치를 새로이 침탈하는 부정의를 초래하는 것이기 때문이다.

셋째, 사회적 가치 분배의 격차를 조정하게 한다. 이러한 권능을 '배분적 정의'라고 한다. 부모의 이혼으로 어머니와 생활하던 소년이 가출 뒤 숙식비를 마련하기 위해 인터넷 물품 판매 사기를 저질러 300만 원 가량의 피해를 입히고 소년재판을 받게 되었다. 첫 기일에 소년에게 시간을 줄 테니 피해 전부를 변상하고 오라고 하며, 그러지 않으면 그에 상응한 처분을 내리겠다고 했다. 다음 기일에 법정에 선 소년의 어머니는 집주인에게 양해를 구하고 전 재산인 임차보증금 300만 원을 돌려받아 피해를 모두 변상했다며 선처를 호소했다. 안타까운 마음에 앞으로 어디에서 생활할 거냐고 물으니, 사글세 집을 하나 구했다고 했다.

사람은 누구도 타인을 기망해 취득한 재물을 소유하거나 사용할 권리가 없으므로, 위 사례에서 소년은 형사처분을 받는 외에 편취한 돈을 피해자에게 반드시 돌려주어야 한다.

피해회복과 관련해 아무런 조치 없이 방치하는 것은 소년에게 면죄부, 다시 말하면 편취한 돈에 대한 소유권을 인정해 주는 꼴이 되고, 이는 사회적 가치의 적법·정당한 분배라는 정의의 원칙에 반한다. 따라서 판사는 처분 전에 먼저 피해회복이 이루어질 수 있도록 재판권을 행사해야 한다. 설령 피해회복 과정에 소년과 그 가족에게 다소 가혹한 결과가 초래될 수 있다고 해도 우선 피해회복을 하도록 권고해야 하고, 그 결과를 반영해 처분 수위를 조절해야 한다. 이런 재판 과정을 통해 부당하게 침탈된 사회적 가치의 회복이나 보상이 이루어지고, 이를 통해 정의가 실현되기 때문이다. 이것이 시정적 정의다.

소년의 어머니는 나의 권고에 따라 자신의 전 재산을 털어 아들이 저지른 비행에 대한 원상회복을 마쳤다. 그래서 소년에 대해 보호관찰을 조건으로 어머니에게 위탁하는 처분을 내렸다. 그런데 소년과 그 어머니는 처분 이후가 문제다. 소년이 가난에서 벗어나려고 발버둥치다 좌절해 다시 비행을 저지를 가능성을 배제할 수 없기 때문이다. 이를 예방하기 위해서는 소년과 어머니에 대한 복지적 차원에서의 지원이 선행되어야 하고, 소년의 자립을 위해 학업 이수와 직업교육 실시 등 교육적 차원에서의 지원도 뒤따라야 한다. 이는 경제적 약자인 소년 가족의 입장을 감안해 기존 분배구조에 조정을 가하는 것이 된다. 이것이 배분적 정의다.

근대 이후 유럽을 필두로 신분적 평등과 정치적 평등이 이루어졌으나, 경제적 평등은 현대에 이르러서도 여전히 숙제로 남아 있다. 문제는 경제적 불평등이 점점 심화되어 가고 있고, 이로 인해 인류 진보의 역사를 되돌리는 사회적·정치적 불평등이라는 연쇄 효과까지 발생되고 있다는 것이다. '빈익빈부익부', '소득의 양극화', '수저론'은 이러한 현상을 반영하는 시대적 용어이다. 가치의 분배체계는 기본적으로는 개별 국가의 실정법 구조에 좌우되므로 분배의 불평등을 해소해 나가기 위해서는 관련법의 조정이 필요하다.

하지만 저마다 다른 정의관은 분배 규칙의 조정을 어렵게 만든다. 최저임금 기준 설정, 비정규직의 정규직화, 청년수당 지급, 무상급식 실시, 독점과 불공정거래행위의 규제, 역차별의 실시 등 수많은 영역에서 사사건건 대립한다. 특히, 나누어야 할 파이의 크기가 그대로여서 누군가의 양보가 필요한 경우에는 합의에 이르기가 아주 어렵다. 사실 구성원 모두를 만족시키는 분배 규칙을 만드는 것은 불가능에 가깝다. 하지만 '사회 협동체를 통해 좀 더 나은 생활을 할 수 있다는 점에서 이해관계가 일치한다.'는 존 롤스의 견해를 수긍한다면 현재보다 조금이라도 나아진 분배체계를 계속적으로 실현하는 것이 최선의 길이 아닐까?

끝으로 정의는 우리에게 미래세대 존중 의무를 부과한

다. 이른바 '미래세대를 위한 정의'의 문제이다. 정의의 보장은 실정법에서부터 출발한다. 실정법은 주권자가 자신에게 내리는 명령이고 다른 주권자와의 관계에서는 약속을 의미하므로, 주권자는 자기 명령에 대한 의무와 사회적 약속으로서 법을 지킨다. 하지만 법 제정 당시에 존재하지 않았던 세대는 명시적으로 그러한 의무나 약속을 부담한 바가 없다. 단지 그들이 태어날 때부터 당해 국가의 국민으로서 국가의 보호를 받는다는 등의 이유로 앞 세대가 제정한 법을 수용(受容)하거나 수인(受忍)할 따름이다. 미래세대가 법을 승인하기 위한 최상의 유보조건은 법의 정의로움에 있다. 분배의 규칙으로서의 법이 정의롭지 않다면 그들은 앞 세대가 제정한 법을 주권자의 명령이나 약속으로서 승인하기보다는 폭압으로 생각하고 거부할지도 모른다. 따라서 모든 세대의 몫인 희소 자원이나 환경 등과 관련한 분배의 규칙을 정함에 있어서는 미래세대에게 불리한 내용으로 대못질을 해 두기보다는 그들을 존중하는 뜻에서 시대적 상황에 맞게 유연하게 대처할 수 있도록 여지를 남겨 두어야 한다.

각자에게 그의 몫을

… 평범한 이의 보통의 삶에서 정의는 나서기 좋아하는 사람들의 거창한 구호처럼 느껴진다. 그러다 부당하고 억울한 일을 당하고 나서야 비로소 정의에 대해 숙고하기 시작한다. 인간은 언제 가장 서러움과 억울함을 느낄까? 정당한 자기 몫을 받지 못했거나 몫을 빼앗겼을 때다. 결국 정의로운 공동체를 실현하기 위해서는 '각자에게 그의 몫을 주는' 분배 규칙부터 만들어야 한다. 이를 위해서는 공동체 구성원들의 다양한 생각을 통합해야 하는데, 이 작업이 만만치 않다는 것은 누구나 짐작할 수 있다. 분배 규칙에 대한 가치관을 '정의관'이라고 할 수

있는 바, 현대사회의 지배적인 정의관은 다음과 같다.

첫째, 분배를 함에 있어서 최대한 많은 사람들이 행복해지도록 하면 되고, 행복의 측정은 효용(utility)으로 가능하다는 '공리주의'가 있다. 여기에서 효용이란 행복감과 만족도의 수치적 지표를 뜻하며, 이는 셈값에 따라 열 사람을 살리기 위해 한 사람의 목숨 정도는 희생시킬 수 있다는 논리로 이어진다. 즉, 공리주의는 더 많은 사람들의 행복을 위해서라면 인간을 수단으로 삼아도 된다는 주장까지 할 수 있는 사상으로, 대표자는 '최대다수의 최대행복'을 주창한 제러미 벤덤이다.

그러므로 '인권이 밥 먹여 주냐?'는 구호는 공리주의에 다름 아니다. 19세기 중반 영국에서 시작되어 시대를 풍미해 온 사상이 아직도 영향력을 발휘하고 있는 것이다. 필립 모리스는 금연정책을 쓰지 않는 편이 좋다고 주장했다. 흡연으로 인한 질병으로 국가의 의료비 부담은 늘어나겠지만, 조세 수입이 늘어나고 흡연자가 일찍 사망하면 사회적 비용도 절약된다는 것이 그 논거였다. 범죄가 발생한 경우 그 행위자를 엄벌하면 다른 사람들이 겁을 먹고 범죄를 저지르지 못한다는 형벌의 '일반예방주의'도 같은 예다. 공리주의는 사회가 더 많은 효용을 얻을 수 있다면 인권이나 도덕을 무시해도 된다는 근거로 작용한다는 결정적 약점을 가졌다.

둘째, 사회의 효용이나 행복 극대화가 아니라 개인의 자

"

무결점의 정의관은 없다.

이는 타인의 정의관 역시 존중해야 한다는

뜻이기도 하다.

"

유나 인권에 우선성을 두는 '자유주의적 정의관'이 있다. 이는 다시 '자유지상주의'와 '자유주의' 두 갈래로 나뉜다. 자유지상주의는 소유물의 자유로운 교환에서 발생하는 결과를 정의로운 분배라고 보기 때문에, 필요하다면 성매매나 장기매매도 허용해야 한다는 입장이다. 자유지상주의는 경제정책 면에서 근래에 유행하고 있는 '신자유주의'와 상당 부분 겹치는데, 특히 국가의 개입을 최소화하는 '최소국가'를 지향하면서 개인이 시장에서 자유로운 경쟁을 통해 획득한 것을 국가가 보호할 수는 있어도 과세를 통해 재분배할 수는 없다고 주장한다.

자유주의자들은 자유지상주의자들과는 달리, 자유의 의미에 '간섭과 지배로부터의 자유' 외에 '결핍으로부터의 자유'도 포함되어 있다고 본다. 그렇기에 인간으로서 최소한의 존엄과 가치를 누릴 수 있는 정도의 삶을 보장하기 위해 과세를 통한 재분배를 강조한다. 이러한 자유주의에는 칸트의 계보를 잇는 존 롤스의 정의관을 포함시킬 수 있다. 롤스는 사회의 '최소 수혜자', 쉽게 말해 가장 가난한 사람들의 편익이 최대화되는 조건이라면 복지정책을 통한 재분배가 허용되어야 한다고 말했다. 자유주의는 모든 사람의 가치가 절대적이고 동등하다는 전제 하에, 다수의 이익을 중시하여 사람 사이의 가치 편차를 용인하는 공리주의자들 또한 반박한다.

셋째, '공동체주의'가 있다. 자유주의는 인간을 공동체와의 연고를 결한 '무연고적 자아'의 인간으로 보기 때문에 선(善)을 둘러싸고 개별 인간 사이의 선에 관한 의견이 일치하기가 어려울 수밖에 없다는 전제 아래 출발한다. 때문에 공공의 영역에서 가치나 선에 관한 문제는 '선반 위에 올려놓거나 괄호로 묶어야(bracket)' 한다고 주장한다.(이른바 '선이 없는 정의'다.) 이와 달리 공동체주의는 인간은 국가라는 공동체 외에도 가족, 종교 단체, 지역사회, 학교 등과 같은 공동체에 소속되어 영향을 받을 수밖에 없는 '연고적 자아'를 가진 존재임을 앞에 놓는다. 그러므로 정의 문제를 다룸에 있어서 공동체의 가치나 선을 고려해야만 한다.(이른바 '선이 있는 정의'다.)

공동체주의는 아들과 아인슈타인이 물에 빠졌을 때 가족공동체의 구성원인 아버지로서는 아들을 먼저 구하지 않겠느냐고 반문하면서 성매매, 장기매매, 동성혼, 낙태, 안락사, 징병제 등 다양한 정의의 문제를 해결함에 있어서도 공동체의 가치나 선을 고려해야 한다고 설파한다. 분배적 정의에 있어서도 인간은 기본적으로 공동체의 구성원으로서 연대책임이 있기 때문에 이러한 책임을 달성하기 위해서라면 과세를 통한 재분배를 허용해야 한다는 입장을 취한다. 그러나 공동체주의는 특정한 시기에 다수파가 안고 있는 의견이 반드시 정의가 아닐 수도 있다는 현실을 놓치고 있다. 공동체 내에서 갈등이 발생하고 있는 경우, 그들 사이의 적대 문제를 어떻게 풀어 나갈지에 관해서도 명쾌한 답을 주지 못하고 있다.

이상에서 알 수 있는 바는 무결점의 정의관은 없다는 것이다. 이는 타인의 정의관 역시 존중해야 한다는 뜻이기도 하다. 최선의 정의관을 얻기 위해서는 국가, 인간, 공동체라는 요소를 고루 참작해야 한다. 어느 한 요소에 치우친 정의관은 경우에 따라서는 부정의를 초래할지도 모르기 때문에 열린 마음으로 독선을 걸러낼 뿐이다.

분쟁 해결의 도우미를 넘어

… 한 소년이 비행을 저질러 소년재판을 받게 되었다. 전체 피해 금액이 300만~400만 원에 이르렀으나 집안 형편상 피해 변상은 거의 하지 않은 채 법정에 섰다. 그래서 나는 소년의 어머니에게 "시간을 드릴 테니 할 수 있는 만큼 피해를 변상하고 오십시오."라고 말한 뒤 다음 기일을 지정해 주면서 그때 다시 오라고 했다. 소년의 어머니는 알겠다고 대답하고 소년과 함께 돌아갔다.

그로부터 한 달 정도 뒤에 다시 재판이 열렸다. 소년의 사건을 호명하니 소년과 그 어머니가 보조인으로 선임된 청년

"

우리 법조계에서 법조인은 전통적으로
'분쟁 해결의 도우미' 역할에 주력하였다.
그러나 소년사건에서의 법조인은
분쟁 해결의 도우미를 넘어 '삶의 안내자'가
되어야 한다고 생각한다.

"

변호사와 함께 법정으로 들어왔다. 소년의 어머니에게 피해 변상을 했느냐고 물으니 하지 못했다고 대답하였다. 그래서 소년의 어머니에게 말했다.

"어머님, 이 사건은 아드님이 저지른 비행의 피해자들에 대한 피해 변상이 우선적으로 이루어져야 합니다. 이 사건에서는 변호사를 보조인으로 선임하는 것이 능사가 아닙니다. 다시 시간을 드릴 테니 피해 변상을 모두 하고 오십시오. 그렇지 않으면 다음번에는 엄벌을 각오하고 오셔야 합니다."

그런 뒤 보조인으로 선임된 청년 변호사에게 정중하게 말했다.

"소년의 비행으로 인한 피해액이 어느 정도인지 변호사님은 잘 아실 겁니다. 소년의 어머니께서 변호사님을 보조인으로 선임하는 데 얼마 정도의 돈을 지급했는지는 알 수 없습니다만, 관례를 바탕으로 짐작해 볼 때 그 돈이면 소년의 비행으로 발생한 피해를 상당히 변상할 수 있을 것으로 생각합니다. 이 사건에서 핵심이 되는 부분은 어려운 법 규정의 해석이나 절차의 안내와 같은 법적인 도움이 아니라 소년이 저지른 피해의 변상이라고 생각합니다. 죄송한 말씀이지만 진정으로 소년을 위한 길이 무엇인지 생각해 주시기 바랍니다."

내 말에 변호사는 정중하게 인사를 한 뒤 돌아갔다.

그로부터 한 달 정도 뒤에 다시 소년에 대한 재판이 열렸다. 소년의 어머니는 피해를 모두 변상하고 소년과 함께 법정에 섰다. 그 청년 변호사는 보조인 사임계를 이미 재판부에 제출한 상태였기에 법정에는 오지 않았다. 보조인이 사임한 이유와 피해 변상을 하게 된 경위 등 지난 재판 이후의 사정은 묻지 않았다. 피해를 모두 변상하였고, 소년의 비행 전력이 많지 않았기에 소년에 대하여 보호자의 품으로 돌려보내는 처분을 내렸다. 처분을 내린 후 그 청년 변호사에게 고마운 마음이 들었다. 전관 출신도 아니고, 경력도 많지 않은 변호사로서 최근의 법조계 사정으로 미루어 볼 때 사무실 운영이 쉽지 않을 터인데도 내 뜻을 헤아려 소년의 사건에서 사임하고 선임료를 반환해 준 데 대해서는 미안한 마음도 들었다.

우리 법조계에서 법조인은 전통적으로 '분쟁 해결의 도우미' 역할에 주력해 왔다. 다시 말해, 법적 분쟁이 발생한 경우 분쟁 당사자를 도와주는 역할을 하는 것이 법조인의 기본적인 사명이라고 생각해 온 것이다. 그러나 '미성숙한 소년에 대한 용서와 관용'을 전제로 하고 '소년의 건전한 육성'을 목적으로 하는 소년법의 이념에 따른다면, 소년사건에서의 법조인은 분쟁 해결의 도우미를 넘어 '삶의 안내자'가 되어야 한다고 생각한다.

아울러 앞의 사례에서 청년 변호사가 이미 받은 수임료를 돌려주면서 그 돈으로 피해자들에 대한 변상을 하라고 소년의 어머니를 안내한 것은 분쟁 해결의 도우미를 넘어 곤궁한 처지에 빠져서 가야 할 방향을 정하지 못하고 있는 소년과 그 가족에게 삶의 안내자로서의 모습을 보여 준 아름다운 행동이라고 생각한다.

응보와 회복

… 15세 소년이 몇 건의 절도 비행을 저질러 재판을 받게 되었다. 소년의 비행 전력은 많지 않았지만 이 시점에서 비행을 멈추지 않으면 더 나빠질 것 같았다. 그래서 피해자들을 직접 찾아가 피해를 변상하고 용서를 받아 오라고 하였다. 소년은 보호자와 함께 피해자들을 찾아가 피해를 변상하고, 그 증거로 탄원서를 제출했다. 그런데 탄원서 중 특이한 내용이 있었다. 대부분의 탄원서는 소년이 용서를 빌고 피해도 변상했으므로 선처를 바란다는 내용이었는데, 그 탄원서에는 '절도 피해를 본 후 다시 피해를 볼지 모른다는 생각에 집을 비우기가

겁이 났고, 밤에 잠을 잘 때도 너무 불안해 일상생활을 하기가 힘들었다. 그런데 피해 보상을 위해 찾아온 범인이 어린 소년이라는 것을 알고 나니 마음이 놓인다.'고 기재되어 있었다.

정의는 향유적 정의, 시정적 정의 및 배분적 정의로 나뉘는데, 사법을 통해 배분적 정의를 실현하는 것은 사법기관의 기능에 따른 한계가 있다. 사법기관은 주로 사회적 가치가 부당하게 침탈되거나 왜곡 분배되는 경우에 사법작용을 통한 원상회복과 그에 대한 보상이 이루어지게 하는 시정적 정의의 실현에 적합하다. 시정적 정의는 향유적 정의를 전제로 할 뿐만 아니라 시정적 정의를 통해 개인이 자신에게 분배된 사회적 가치를 맘껏 누릴 수 있는 향유적 정의가 이루어지게 되므로 향유적 정의와 시정적 정의는 불가분의 관계에 있다.

사법작용에서의 시정적 정의는 응보적 측변과 회복적 측면으로 나눌 수 있다. 응보적 측면은 범죄 또는 비행을 저지른 자에 대하여 형벌 등을 통해 그가 저지른 행위에 맞는 조치를 가하는 것을 말한다. 최근 민사사건에서 논의되고 있는 '징벌적 손해배상'도 응보적 성격이 강한 제도라고 할 수 있다. 회복적 측면은 사건 피해에 대한 원상회복 또는 보상을 하게 하거나 관계 회복이 이루어지게 하는 것이다.

'회복적 정의의 아버지'라 불리는 하워드 제어는 이제

질문을 바꾸어야 할 때라고 말한다. '누가 범죄를 저질렀는가? 무슨 법이 위반되었는가? 어떤 형벌이 마땅한가?' 대신 '누가 상처를 입었는가? 상처 입은 이가 원하는 것은 무엇인가? 어떤 절차를 통해 해법을 찾을 수 있는가?'를 묻고, 곧이어 우리는 다음과 같이 질문해야만 한다. '이것은 누구의 의무이고 책임인가?'

현대 사법에서 '응보'를 인정하는 밑바탕에는 가치 침탈이나 왜곡이 발생했을 경우에 그것이 분배 질서를 해친 것임을 행위자와 일반 사회인에게 알려서 기존의 분배 질서를 지켜나간다는 이념이 자리 잡고 있다. 그런데 사법정의가 가해자에 대한 응보에만 머무르게 되면 피해자에 대한 배려가 소홀해질 수밖에 없다. 시정적 정의가 제대로 이루어지려면 피해자들의 회복이 오히려 더 강조되어야 한다. 이런 점에 착안해 최근 사법 영역에서는 회복적 정의에 대한 논의가 활발하다. 앞서 언급한 사례에서 비행소년으로 하여금 피해자를 찾아가 피해를 변상하고 용서를 빌고 오라는 것도 회복적 정의 측면에서 보면 그 의의가 크다고 할 수 있다.

회복적 정의론에 따르면 범죄는 관계 파괴 행위이므로 회복되어야 할 것은 '관계'이다. 다시 말해, 관계 회복이 정의론의 핵심을 이룬다. 회복되어야 할 관계 중 가장 우선적인 것은 범죄의 직접 당사자인 피해자와의 관계이다. 피해자와의 관계 회복을 위해서는 피해자의 정신심리적 회복, 다시 말해 범죄로 인한 트라우마의 치유가 전제됨을 잊어서는 안 된다. 필요하다면 사회 공동체가 나서서 치유에 따른 비용까지 부담해야 한다. 또 범죄의 직접적인 피해자 외에도 범죄로 인해 사회 구성원 전체와의 관계가 깨진 것으로 보기 때문에 사회와의 관계 회복도 요청된다. 이는 사회 구성원들이 범죄자들에 대해 개별적인 판단은 유보한 채 그들 모두를 '전과자'라고 부르며 선입견을 가지는 태도에서 벗어나는 것부터 시작된다.

마지막으로 우리가 쉽게 간과하는 것은 범죄자와 그 가족과의 관계 회복이다. 범죄를 저지르고 그에 맞는 벌을 받은 자들이 겪는 고충 중 가장 큰 것도 바로 이 부분이다. 관계 회복이 제대로 되지 못해 출소 후 가족들을 향해 범죄를 저지르는 사람들이 있음을 기억하고 이 부분에 좀 더 많은 관심을 기울여야 한다.

용서와 관용이라는 소년법의 기본 정신이 제도 운영에서 제대로 실천되기 위해서는 소년사법에 있어서도 응보 외에 회복이 강조되어야 한다. 보호소년들을 위한 대안가정인 '사법형 그룹홈'의 공식 명칭을 '청소년회복센터'라고 한 것도 회복적 정의를 소년사법에 실천하기 위함이다. 이 센터는 피해자와의 관계 회복을 등한시하지 않는다. 피해 변상이 미진한 상태에서 소년이 위탁된 경우에는 그 이후라도 피해 변상을 완료하도록 지도한다. 또 소년들을 학교에 보내거나, 검정고시 준비를 시키거나, 아르바이트 자리나 직장을 알선하는 등으로 소년이 건전한 사회 구성원이 될 수 있도록 돕는 역할을 빠뜨리지 않는다. 더 나아가 보호소년과 그 가족과의 관계 회복을 위해서도 최선을 다하고 있고, 실제로 가족 관계가 회복되어 일탈을 멈춘 소년들도 꽤 있다.

응보와 회복은 정의 실현에 있어 바늘과 실이 되어야 한다. 응보에만 치중하지 않고 응보를 하기 전후에 사회적 관계의 회복까지 도모하는 회복적 정의가 우리 사회 전반에 정착되어 가기를 바랄 뿐이다.

그중에 제일은 사랑이라

… 알파고의 등장 이후 인공지능(Artificial Intelligence)은 생활 각 분야에 파고들어 폭넓게 활용되고 있다. 이러한 상황을 반영하듯 최근에는 사법 시스템에도 인공지능 기술이 도입되면서 일각에서는 'AI 법조인'의 탄생이 머지않았다는 성급한 관측이 흘러나오기도 한다. 정말 가까운 미래에 인공지능이 법관을 대신할 수 있을까? 그렇다면 이런 경우는 어떨까?

Y는 X로부터 1천만 원을 빌렸다. 돈을 갚기로 약속한 날이 되었는데도 형편이 나아지지 않자 Y는 X에게 500만 원밖에 없으니 이것만 받고 나머지는 탕감해 달라고 부탁했다. 하지만

X는 Y의 부탁을 거절하며 약속한 대로 이행할 것을 요구하다가 결국 소송을 제기했다. 이 경우, 판사는 '원칙적으로' Y로 하여금 X에게 약속한 대로 돈을 지급하라는 판결을 선고하게 된다. 이는 당사자가 약속한 것이고, 실정법의 내용도 이를 지지하기 때문이다. 여기에서 우리는 실정법을 지배하는 정신(또는 덕목)을 도출할 수 있는데, 약속이 만들어 낸 신뢰에 대한 '책임'이 바로 그것이다.

만약 이와 같이 책임을 부과할 수 있는 요건 사실에 따라서만 재판할 수 있다면 인공지능에게 재판을 맡겨도 문제가 없을 것이다. 그러나 실제 재판은 그렇게 단순하지가 않다. 법 규정이 모든 상황을 포용할 수 없으므로 사건에 따라서는 단순히 몇몇 법 조항에 기대어 결론을 단호하게 내리는 것에 대해 마음의 불편함을 느끼게 되는 사정들이 있을 수 있다. 예를 들어 위 사건에서 Y가 그동안 X에게 대가를 바라지 않고 많은 도움을 베풀어 온 경우, 이러한 저간의 사정들이 무시된 채 판결이 선고된다면 Y는 친구 사이의 우정에 대해 회의하게 될 것이고, 사람들은 법과 재판의 이념에 의문을 제기할지도 모른다. 재판의 두 가지 이념은 '진실 발견'과 '절차 보장'이고, 절차 보장의 목적은 설득을 통한 승복을 이루기 위함이다. 절차를 보장하지 않은 채 단순히 법 조항을 기계적으로 적용해 결과를 도출하는 것은 당사자의 승복을 기대하기가 어렵고, 이는 재

"

결국 우리 사회를 지배하는 법의 덕목은

'책임'과 '사랑'이다. 책임과 사랑의 정신이

조화롭게 발휘되는 사회야말로

인간의 존엄성이 보장되는 사회가 아닐까?

"

판 절차, 나아가서는 사법에 대한 불신을 초래한다. 따라서 재판이 당사자의 승복을 얻기 위해서는 실정법에 따른 결론을 주저하게 만드는 사정들에 대한 숙고가 행해져야 한다. 결론이야 책임의 법에 따라 기계적으로 도출한다고 하더라도, 최종 결론에 이르기까지는 호소와 경청을 통한 숙고라는 '인간의 얼굴'을 보여 주어야 하는 것이다.

그러한 숙고 과정 중 하나가 '조정 절차'이다. 조정 절차는 실정법의 덕목인 책임의 정신을 한 발 뒤로 물러서게 할 여지를 제공하는데, 그 전제는 다름 아닌 '양보'이다. 위 사건의 조정 절차에서 실정법상의 원칙과 다른 결론이 도출되기 위해서는 X의 '양보'가 필수이고, 이는 숙고 과정인 조정 절차에서 가장 중요한 역할을 한다. 하지만 실정법상 당사자는 양보할 의무가 없고, 판사도 양보를 강제할 수가 없다. 자발성을 바탕으로 하는 양보는 강제성이 동원되는 실정법으로는 규율할 수 없는 덕목으로, 실정법과는 다른 차원의 '법' 영역에서 도출된다. 이러한 차원의 법을 실정법과 비교하기 위해 '법을 넘는 법'이라고 하며, 자연법과 신법(神法) 등이 여기에 해당한다고 볼 수 있다.

실정법과 법을 넘는 법은 모두 '법'으로서 사회를 지탱하는 역할을 한다. 법이 '관계의 준칙'으로서 사회를 지탱하는 역할을 한다고 말하지만, 엄밀히 말하면 그 속에 스며들어 있는 '관계의 덕목'이 그러한 역할을 수행하는 것이다. 실정법을 지배하고 있는 덕목은 책임이고, 이는 인간관계의 기본이 되는 덕목이다. 그런데 앞서 본 바와 같이 책임을 덕목으로 하는 실정법만으로는 '인간다운 사회'를 만들기 어려운 경우가 있다. 서로가 서로를 존중하는 인간다운 사회를 위해서는 실정법상의 덕목 외에 법을 넘는 법의 덕목이 필요하며, 어떤 의미에서는 후자가 더 중요한 덕목이라고도 할 수 있다.

그러한 덕목으로는 앞의 사례에서 본 양보에 더해 정직, 배려, 존중, 봉사, 관용, 용서, 희생, 자비, 박애, 우정, 효, 충성, 복종 등을 들 수 있다. 이 덕목들을 한마디로 요약하면 결국 '사랑'이라고 할 수 있지 않을까? '효'는 부모에 대한 사랑, '우정'은 친구에 대한 사랑, '충성과 복종'은 국가와 권위에 대한 사랑, '정직, 배려, 존중, 봉사, 양보, 관용, 용서, 희생, 자비, 박애' 등은 이웃과 동포와 인류에 대한 사랑의 표현이기 때문이다. 진부한 이야기지만 사랑이 사라져 간다면 인간 사회는 사막처럼 황폐해질 것이고, 인간의 존엄과 가치는 비쩍 말라갈 것이다.

결국 우리 사회를 지배하는 법의 덕목은 '책임'과 '사랑'이다. 책임은 행위의 예외를 허용하지 않는 엄중한 약속인 반면, 사랑은 여백을 허용하는 인간 존중의 정신이다. 사랑이 결여된 책임은 공허하고, 책임이 동반되지 않은 사랑은 맹목이다. 책임과 사랑의 정신이 조화롭게 발휘되는 사회야말로 인간의 존엄성이 보장되는 사회가 아닐까? 이러한 사회가 속히 이루어지기를 소망한다.

어떤 공동체를 만들어 갈 것인가

… 지난 8년간 소년재판을 했다. 그 사이 많은 변화를 겪었는데, 재판을 받는 아이들과 관련하여 두드러진 변화 중의 하나는 아이들의 정신·심리 상태가 급격하게 나빠졌다는 점이다. 최근 들어 우울증, 발달장애, '주의력결핍 과잉행동장애(ADHD)'를 겪는 아이들이 크게 늘었고, 충동이나 분노조절장애를 겪는 아이들도 종전보다 더 자주 보게 된다. 이러한 현상이 초래된 데에는 여러 가지 요인이 있겠지만, 많은 전문가들이 공통적으로 지목하는 것이 바로 가정이나 이웃과 같은 중간단계에 해당하는 사회 공동체의 해체와 그로 인한 '애착 손상'

이다. 이 점을 염두에 두면 비행소년 문제 해결에 있어 가장 시급하고 중요한 과제는 해체된 가정과 사회 공동체의 회복이라 하겠다.

그런데 중간 단계의 공동체 회복에 대해서 의심의 눈길을 보내거나 알레르기 반응까지 보이는 사람들이 있다. 우리의 사회 공동체가 보여 주는 부정적인 면들, 특히 가부장권을 바탕으로 하는 권위주의적인 모습들이나 편견과 편협함의 전초기지와 같은 모습들 때문이다. 이처럼 부정적인 모습의 공동체를, 품격 없는 표현이겠지만 최근 유행되고 있는 말로 하면, '꼰대 공동체'라고 할 수 있겠다. 꼰대 공동체가 어떤 것인지 알기 위해서는 그에 대해 적극적으로 기술하기보다 그와 정반대의 공동체 모습을 대비해 보는 것이 효과적이다. 그러한 공동체 중 하나로 '예수 공동체'를 들 수가 있다.

신약성경에 등장하는 예수는 생애가 불과 33년밖에 되지 않고, 사회적으로 활동한 기간은 고작 3년이다. 예수가 그 3년간 12명의 제자와 함께 만든 공동체를 '예수 공동체'라고 하자. 이 공동체가 인류사에 끼친 영향은 이루 말할 수 없이 크다. 기독교인뿐만 아니라 우리 모두에게 큰 깨우침을 준 예수 공동체의 구체적인 모습은 다음과 같다.

먼저, 아동 친화적이다. "어린아이들이 내게 오는 것을 용납하고 금하지 말라."라는 말에서 알 수 있듯이 예수 공동체는 어른과 아동이 동등한 인격체로 존중되는 공동체다. 어른으로서 당연히 해야 할 책임인 아동에 대한 보호를 제외한 나머지 영역에서는 아동을 인간 대 인간으로 존중하고 배려하라고 요구한다.

둘째, 여성 친화적이다. 예수 공동체는 12명의 제자들이 핵심이었으나, 실제로 여성들이 예수 생존 전후에 공동체의 존속에 커다란 역할을 했음은 두말할 필요가 없다. 게다가 예수 자신도 여성 친화적인 모습을 자주 연출하였다. 간음을 하다 발각된 여성을 데리고 온 무리에게 "죄 없는 자가 먼저 돌로 쳐라."라고 한 일화는 오늘날에도 우리에게 시사하는 바가 크다.

셋째, 사회적 약자 우선의 공동체다. 예수 공동체는 불치병 환자, 장애인, 고아와 과부, 외국인 등 당시 사회에서 약자라 할 수 있는 사람들 편에 먼저 서려 했던 공동체이다. 길을 재촉해 가는 중에도 언제든지 멈추어 서서 그들의 애환을 듣고 해결해 주고자 하였다. 사회적 약자를 위해 가지고 있는 모든 것을 내어 주었지만 정작 예수 자신은 평생 잠 잘 곳조차 없었고, 십자가에 매달려 처형당할 때 마지막 소유물이었던 옷마저도 로마 병사들에게 빼앗겼다. 부양할 가족도 두지 않았고, 후계자를 자신의 핏줄이나 형제로 지정하지도 않았다.

넷째, 열린 공동체다. 예수 공동체는 예수의 가르침을 따르고자 하는 사람은 누구든 제자로 받아들였다. 그중에는 민족적으로 지탄을 받고 있던 세금 징수원도 있었고, 예수를 처형하는 데 앞장선 단체에 소속된 사람도 있었으며, 극단적인 민족주의자가 있었는가 하면 심지어 스승을 정적에게 팔아넘긴 사람도 있었다. 또한 예수는 자신을 따르는 사람들을 감시하거나 동향을 파악하지 않았다. 오히려 그들에 의해 감시당했으며, 결국에는 제자 중 한 사람의 배신으로 십자가 형벌을 받게 된다.

다섯째, 탈권위주의적이다. 예수는 스승의 지위에 따르는 보상을 받으려고 하는 모습을 보인 적이 없다. 대야에 물을 떠 와 제자들의 냄새 나는 발을 쪼그리고 앉아 씻겨 줄 정도로 평등한 인간관계를 즐겼다.

아동 학대와 가정폭력, 여성과 장애인을 비롯한 사회적 약자에 대한 편견, 경제 양극화로 인한 사회 구성원 간의 배타적 차별 의식, 국가 지도층의 공권력을 이용한 사익 추구, 국가기관 구성원에 대한 동향 파악, 공·사를 불문한 기관과 단체 내의 성추문, 대형 종교 단체의 부자(父子)세습 등 지금 우리 사회는 예수 공동체의 모습과는 한참 거리가 있다. 그리고 그 이면에는 이른바 '꼰대 정신'이 깊숙하게 똬리를 틀고 있다. 이러한 사정이라면, 우울증 등 사회병리 현상을 해결하기 위해 가족이나 사회 공동체를 회복하자고 감히 말하기 어렵다.

우리가 지향해야 할 공동체는 예수 공동체여야 한다. 본

향에 대한 향수를 자극하고 마음의 위로와 안식처가 될 수 있는 공동체의 부활을 기대한다. 그러지 않고는 작금의 청소년비행 문제를 비롯한 사회의 많은 문제를 근원적으로 해결하기가 어렵다.

5

일흔 번씩
일곱 번이라도

희생양과
'마이너스 1'의 제의(祭儀)

··· 2017년 9월, 이른바 '부산 여중생 폭행사건'으로 소년법 폐지 여론이 들끓자 언론과 방송에서 인터뷰 요청이 밀려들었다. 국민들의 날선 물음에 즉답을 해 줄 누군가가 필요한데, 그런 상황에서 '소년범들의 대부'로 알려진 나를 호명한 것이었다. 소년법 폐지 청원 열기가 뜨거웠던 시기인지라 말 한마디 잘못했다가는 여론의 뭇매를 맞아야 하는 상황에서 생방송이나 다름없는 인터뷰에 응하는 것이 달가울 리 없었다. 하지만 국민들이 나를 소환한 까닭을 잘 알기에 고심 끝에 소크라테스의 대화법을 약간 응용해 보기로 했다. 내 쪽에서 먼저 질문을

던져 사람들 스스로 답을 찾아가도록 한 것이다.

어떤 사람들은 나를 향해 소년법을 폐지해야 한다고 강변하기도 한다. 이때도 나는 먼저 그들에게 질문을 던진다. "부산 여중생 폭행사건과 같은 폭력을 조직폭력배들이 저질렀다고 하면 그들에게 형을 얼마나 선고하면 좋을까요?" 이 질문에 사형이나 무기징역형을 선고해야 한다고 대답한 사람은 단 한 명도 없었을 뿐만 아니라 징역 10년 이상의 중형을 선고해야 한다고 주장한 사람도 보지 못했다. 그들의 대답에 근거해 본다면 부산 여중생 폭행사건의 가해자들에게 선고할 수 있는 형은 징역 10년을 넘기 어렵다고 할 수 있을 것이다. 그런데 이 정도의 형은 현행 소년법에 의해서도 충분히 선고될 수 있는 형이다. 따라서 부산 여중생 폭행사건의 경우는 소년법을 폐지하지 않고서도 가해자들을 엄벌할 수가 있다는 말이다.

결국 부산 여중생 폭행사건이 발생한 이후 가해자인 비행소년들을 엄벌해야 한다며 소년법 폐지를 주장한 사람들은 당해 사건에 적용될 법 규정을 진지하게 고려하지 않고 여론에 동조하여 감정적으로 대응했다고 할 수 있다. 문제는 다른 유사한 사건에서도 마찬가지의 반응을 보인다는 것이다. 왜 이런 현상이 발생하는 것일까? 표면적으로는 비행소년들의 잔혹성과 법을 무시하는 듯한 행위 때문이라고 할 수 있겠지만, 그 이면을 들여다보면 그들에 대한 뿌리 깊은 혐오가 자리 잡고 있다. 이러한 혐오는 최근의 사태에서 다시 그 모습을 드러냈다.

얼마 전 소년원에서 5개월 만에 퇴원한 아이가 대장암에 걸려 시한부 인생 판정을 받았다는 기사가 났었는데 무심코 본 댓글창에는 그 아이에 대한 원색적인 비난으로 가득했다. 이는 비행소년에 대한 우리 사회의 감정을 적나라하게 보여 준다. 아직 어린 청소년들임에도 '비행' 또는 '범죄'라는 꼬리표만 붙으면 사람들은 왜 이렇게 무자비한 돌팔매질을 해 대는 것일까?

그에 대한 답은 '희생양 만들기'라는 깊고 오래된 정치 사회적 현상에서 찾을 수 있다. 인류 사회의 문제는 '자원은 유한한데 욕망은 무한하다.'는 명제에서 출발한다. 유한한 자원을 선점하기 위해 경쟁을 하고, 그 과정에서 전략적으로 무리를 형성하면서 시작된 공동체 의식은 때로 중세시대의 '마녀사냥'이나 히틀러 시대의 '유태인 말살 정책'처럼 집단적 광기로 표출되기도 한다. 무리에 편입되지 않은 소수를 소외시켜 이들을 공동체의 결속력을 다지기 위한 희생양으로 만드는 것이다. 희생양이 선택되면 적어도 그가 존재하는 동안 다른 구성원들은 안심할 수 있다. 그러나 하나의 희생양이 사라지면 무리는 또다시 희생양 만들기에 나선다. 전체에서 하나를 빼는 방식, 즉 "보편적 카오스에서 벗어나기 위한 '마이너스 1'의 제의"(진중권, 『폭력과 상스러움』)는 이렇게 계속된다.

이러한 현상은 인류 역사 속에 계속 존재해 왔었고 지금도 우리 사회 도처에서 발견된다. 현재 학교를 중심으로 광범위하게 퍼져 있는 이른바 '왕따' 문제도 같은 맥락에서 이해할 수 있다. 한 아이가 왕따의 표적이 되었다가 벗어나면 가해자들은 또 다른 표적을 만들어 왕따를 가하는 경향을 보인다. 문제는 이러한 경향이 학교에서만 발생하는 것이 아니라 군대나 직장 등으로 점점 침투해 들어가고 결국에는 우리 사회 전체의 모습으로 변화해 갈 것이라는 점이다. 최근 들어 기승을 부리는 여성이나 장애인 등 사회적 약자에 대한 혐오감 표출도 이런 현상 중의 하나로 볼 수 있다.

특히, 요즘 보이는 비행소년에 대한 극단적인 혐오는 희생양 만들기의 전 단계가 아닌가 하는 생각이 들 정도다. 어찌 보면 이 아이들이 우리 사회의 희생양이 되는 것은 당연해 보인다. 누구도 비행소년들의 처지를 대변하거나 지지해 주려 하지 않기 때문이다. 그러나 이러한 현상이 계속되면 훗날 어떤 결과가 초래될지 아무도 예측할 수가 없다. 자칫 잘못하면 세대 간의 단절이라는 파괴적인 결과를 가져올 수도 있다. 비행소년을 상대로 시작한 일이 청소년 참정권 문제 등을 둘러싸고 전체 청소년과의 대결 구도에 이를 가능성도 배제할 수 없기 때문이다. 따라서 청소년비행 소식을 접할 때마다 감정을 앞세워 마녀사냥을 벌이기보다는 우리 모두의 문제가 될 수 있음을

“

비행소년에 대한 뿌리 깊은 혐오는

우리 사회의 ‘희생양 만들기’에 다름 아니다.

”

명심하고 이를 해결하기 위해 사회 전체가 노력해야 한다. 저출산으로 인해 국가가 위기로 치닫고 있는데 한 명의 아이라도 더 건져 내어 올바른 시민으로 키워야 하지 않겠는가?

사라진 아이들을 찾아라

… 부천에서 발생한 2건의 아동 사망사건은 우리에게 커다란 슬픔과 분노를 안겨 주었다. 첫 번째 사건은 2012년 11월 초등학교 1학년 남자아이가 집에서 아버지에게 2시간 넘게 두들겨 맞다 숨진 사건이었고, 두 번째 사건은 2015년 3월 중학교 1학년 여자아이가 집에서 아버지에게 7시간 동안 맞다가 사망한 사건이었다. 두 사건에서 짚고 넘어가야 할 점은 피해 아동들이 장기간 실종 상태였음에도 친족이나 학교, 지역사회 어디에서도 그들의 행방을 찾지 않았다는 것이다. 아무도 찾지 않는 동안 아이들은 냉장고에서 얼어 있거나 자신의 집 안에서

백골화되어 가고 있었다.

2010년부터 소년사건을 담당해 오면서 알게 된 충격적인 사실 중 하나는 가정폭력으로 학대를 당한 아이들은 극단적으로 말해 '맞아 죽거나 탈출하거나' 둘 중 하나밖에 답이 없다는 것이었다. 이들 중에는 지속적인 학대로 죽음에 이른 경우가 많았고, 살아남은 아이들 중에는 더는 학대를 견딜 수 없어 집에서 탈출해 비행소년이 되는 경우가 많았다. 부천 아동학대 사망사건도 이런 맥락에서 이해되어야만 한다.

소년사건을 담당하면서 줄곧 외친 것이 학대받는 아동과 비행소년들에 관한 제도 개선이었다. 그 핵심은 아동보호정책이 아동에게 실질적으로 도움이 되도록 하자는 것이고, 이를 위해서는 보호정책의 실무가 아동의 입장에서 출발되고 매듭지어져야 한다는 것이었다. 하지만 현실은 그렇지 않았다. 아이들은 배제된 채 예산배분권을 쥐고 있는 관청과 그들의 눈치를 볼 수밖에 없는 실행기관의 입장에서 실무가 이루어지고 있었다. 이 중 가장 답답한 것이 오지 않는 아이들이나 사라진 아이들을 찾으러 갈 생각은 하지 않고, 책상에 앉아 그들을 기다리는 경우가 많다는 것이었다. 나이가 어려서 자신의 처지를 세상에 알릴 수 없는 아이들에게는 찾아가는 실무가 아니면 온전한 도움을 줄 수가 없음에도 모두들 인력 부족 등의 현실을 핑계로 수수방관만 하고 있었다. 이를 두고만 볼 수 없었던 나는 부산시교육청 이상민 장학관과 함께 사라진 학생들을 찾아 나서기로 마음을 모았다. 2014년 6월 사단법인 SFC청소년상담교육센터 부설기관 '틴스토리(TeenStory)'는 전국 최초로 장기결석학생 학업복귀사업을 시작했다. 이 사업을 통해 학업에 복귀하여 새로운 꿈을 향해 나아가고 있는 사례가 있어서 여기 소개한다.

SFC청소년상담교육센터는 2015년 10월 8일 시교육청으로부터 2000년생인 혜은이의 명단을 넘겨받고, 10월 12일 아이의 어머니를 만났다. 이혼한 혜은이 어머니는 딸이 59일이나 결석하고 9월에 가출한 이후 어디서 무엇을 하는지 알 수 없다고 하였다.

센터장은 혜은이 어머니로 하여금 경찰서에 가출 신고를 하게 한 다음, 사진 한 장을 들고 간사들과 함께 아이를 찾아 나섰다. 10월 13일 저녁, 딸이 김해시 외동에 있다는 혜은이 어머니의 연락을 받은 센터장과 간사들은 김해로 가서 식당을 뒤지고 다녔고, 자정 무렵에 혜은이가 20대 남자와 함께 PC방에서 나오는 것을 발견하고 경찰관의 도움을 받아 지구대로 데리고 갔다.

그런데 성매매를 막기 위해서라도 보호가 필요한 상황이었지만 경찰관들은 아이를 붙잡아 둘 근거가 없다며 데려가

"

아동보호정책이 실효성을 거두려면
아이들 입장에서 찾아가는 정책이 되어야 한다.
그렇지 않으면 아이들은 계속해서 맞아 죽거나
탈출하지 않을 수 없을 것이고, 그때마다 우리는
슬퍼하고 분노할 수밖에 없을 것이다.

"

라고 했다. 연락을 받고 온 혜은이 어머니도 딸이 다시 가출할 게 분명하니 데려갈 수 없다고 버텼다. 부득불 센터장은 혜은이 어머니의 동의 아래 밤새도록 아이를 데리고 있다가 아침에 통고서를 들고 부산가정법원으로 나를 찾아왔다. 통고사건 전담판사인 나는 혜은이를 소년분류심사원에 임시위탁시켰고, 위탁된 지 3주 만에 재판을 열어 혜은이에게 보호관찰을 조건으로 보호자에게 보내는 처분을 내렸다.

위탁생활 동안 혜은이는 큰 변화를 일으켰고, 완전히 다른 아이가 되었다. 법정에서 혜은이는 자신이 알고 있는 모든 아이에게 임시위탁생활을 한 번쯤 해 보기를 권할 것이라고 하였다. 학교에 복귀한 혜은이는 무사히 졸업을 했고 상급학교에도 진학하게 되었다.

틴스토리는 2014년 6월부터 2016년까지 681명의 장기무단결석생 명단을 받아서 117명을 학교로 복귀시켰고, 252명의 학생들을 관리하고 있다. 그 성과로 2015년 교육부 장관상까지 받았다. 출산율이 세계 최저인 국가의 미래를 위해서는 출산장려정책도 중요하겠지만 이미 우리에게 주어진 아이들을 잘 육성하는 것도 중요하다. 이를 위해서는 아동보호정책이 틴스토리 사업처럼 아이들의 입장에서 찾아가는 정책이 되어야 한다. 그러지 않으면 아이들은 계속해서 맞아 죽거나 탈출하지 않을 수 없을 것이고, 그때마다 우리는 슬퍼하고 분노할 수밖에 없을 것이다.

버려진 거리가 아이들을 괴물로 만든다

… 지난 8년 동안 소년재판을 해 보니 비행소년은 한마디로 우리 사회의 투명인간들이다. 첫째로 청소년은 선거권이 없기 때문에 국회의원들이 이들을 대변해 주지 않고 관심도 없다. 둘째로 이 아이들의 부모는 저소득 빈곤층이 대부분이다. 중산층이나 공부를 잘하는 아이의 부모들은 자녀의 미래를 위해 교육정책에 입김을 발휘하기도 하지만 비행소년의 입장을 알아줄 힘 있는 어른들은 전혀 없다고 해도 과언이 아니다. 셋째로 열악한 처지에 놓인 비행소년들을 도와주자고 말하면 가난한 아이들 중에 비행을 안 저지르는 아이도 많은데 왜 하필

나쁜 짓을 한 아이들을 도와주느냐고 단박에 비판의 날의 세운다. 이런 상황이다 보니 대부분의 사람들은 평소 비행소년의 존재를 거의 인식하지 못하고 살아간다. 엄연히 우리 사회에 존재하고 있음에도 사회적으로 없는 사람처럼 취급되고 있는 것이다. 이렇게 보이지 않던 아이들이 드러나는 것은 유감스럽게도 사회적으로 이슈가 될 만한 사건이 일어났을 때뿐이다.

청소년비행의 해결책을 찾기 위해서는 먼저 실태를 알고 사건을 정확히 파악해야 한다. 특히 '학교 안 폭력'과 '학교 밖 폭력'은 청소년이 주체가 된다는 점만 같을 뿐 서로 완전히 다른 사건이라서 접근 방식도 달라야 한다. 예를 들어 청소년 잔혹 범죄의 많은 수는 '학교 밖 폭력'인데, 그 특성을 무시한 채 정부도 사회도 청소년 폭력 사건이 일어나면 무조건 학교폭력으로 접근하기 때문에 실효성 있는 대책이 나오지 않는 것이다. 사실 학교 안에서 잔혹한 폭력 사건이 일어나는 경우는 드물다. 그래도 그곳에는 부모와 교사가 있으니까. 진짜 심각한 것은 학교 밖이다. 하지만 대부분의 정책은 학교 안 학생들만 생각하고 만든다. 사정이 이렇다 보니 지금까지 만들어진 학교폭력 대책이라고 해 봐야 학교 안 문제아들을 학교 밖으로 내쫓는 식이었다.

학교 안 폭력과 학교 밖 폭력은 풍선과 같다. 마치 풍선의 한쪽 면을 누르면 다른 한쪽이 늘어나는 것처럼, 학교폭력을 일으키는 문제아들을 밖으로 쫓아내는 것이다. 그래서 학교 폭력에 강경 대응할수록 문제를 일으키는 아이들은 학교 밖으로 밀려난다. 그럼 학교에서 쫓겨난 아이들은 어디로 갈까? 문제를 일으킨 아이들을 마지막으로 받아주는 '학교'는 대안학교뿐이다. 그러나 대안학교에도 대안은 없다. 마치 길들여지지 않는 짐승을 우리에 가두어 놓듯이 문제를 일으킨 아이들을 한 곳에 모아 놓지만 그 이후에는 대책도 지원도 관심도 없기 때문이다. '일당백'인 아이들이 모여 있으면 문제가 발생할 가능성은 당연히 더 높아질 수밖에 없다. 당연히 이들을 교육하기 위한 예산과 인력을 더 지원해야 하지만 쫓아내놓고 보이지 않으니 그냥 두는 것이다. 문제는 학교에서 밀려난 아이들이 많아질수록 청소년 폭력 사건도 늘고 수위는 점점 더 높아진다는 것이다.

사건이 터지면 여론은 비행을 저지른 청소년 개개인을 비난하고 강력한 처벌을 요구하지만 이들이 사고를 치기 전에 어떤 삶을 살았는지, 앞으로 어떤 삶을 살게 될지 생각하는 이들은 많지 않다. 스무 살도 채 안 된 아이들이 왜 이런 잔혹한 범죄를 저지를까? 아이들이 그런 행동을 하는 것은 살아남기 바빠서 아무것도 배우지 못했기 때문이다. 공감은 사람과 관계 속에서 배우는 것이다. 하루 24시간 생계에 쫓기는 부모 아래에서 혼자 자란 아이들은 자신의 말과 행동이 상대방에게 어떻게 받아들여질지, 어떤 결과를 낳을지 모른다. 그래서 생각나는 대로 말하고 행동한다. 학교는 가정에서 배운 사회성, 관계능력을 확장하고 적용하는 곳인데 가정에서 아무것도 배우질 못했으니 학교생활이 순탄할 리 없다.

결국 아이들은 학교에서도 밀려나고 사회에서도 밀려난다. 외롭고 소외된 아이들에게 남는 것은 비슷한 상황에 놓인 또래들밖에 없다. 결국 자기들끼리 무리 지어 다니며 그 관계라도 붙잡기 위해 애를 쓴다. 마지막 친구를 빼앗기지 않기 위해 폭력을 쓰고, 친구를 실망시키지 않기 위해 원조교제를 한다. 일반적인 시각으로는 이해가 안 되지만, 그 아이들의 눈높이에서 보면 외로움과 절실함 끝에 나온 행동들이다. 그렇게 밖으로 내몰린 아이들은 또래 집단에서 피해자가 되기도 하고, 가해자가 되기도 한다.

엄마는 알코올 중독이었다. 작은 누나는 급식을 남겨 싸가지고 와서 엄마에게 먹였고, 엄마가 술에 취해 길에 쓰러져 있으면 데리고 오기도 하였다. 부모님은 매일 싸웠고, 여동생은 입양시켰다. 아빠는 엄마가 싫으니까 게임 중독에 걸린 것처럼 매일 피시방에서 살았다. 초등학교 3학년 때 참을 수가 없어 나는 자살까지 시도하였다.

“

보이지 않던 아이들이 드러나는 것은

유감스럽게도 사회적으로 이슈가 될 만한 사건이

일어났을 때뿐이다.

”

폭행죄로 재판을 받게 된 한 소년의 조사 보고서에는 소년과 그 가족의 삶이 아주 짧게 기록되어 있었다. 조사 보고서만으로도 소년의 삶이 얼마나 고되었는지를 충분히 짐작하고도 남을 정도였다. 재판일이 다가왔고, 나는 법정에서 소년과 소년의 부모를 만났다.

"어머니, 지금도 약주를 많이 드시나요? 아버님은 요즘도 피시방에 가시나요?"

소년의 어머니가 대답했다.

"아닙니다, 이제는 술을 마시지 않습니다."

소년의 아버지도 대답했다.

"요즘은 아내가 술을 먹지 않아 저도 피시방에 가지 않습니다."

소년에게 부모님의 말씀이 맞느냐고 물으니 소년이 갑자기 울면서 고개를 끄덕였다.

소년의 부모에게 "○○아 미안하다, 용서해라."를 열 번 외치게 하였다. 소년의 부모들이 조용하게 외쳤다.

"○○아 미안하다, 용서해라."

서너 번째에 이르자 소년의 부모가 울기 시작했다. 소년의 아버지는 소년에게 머리를 숙이며 외쳤다.

"○○아 미안하다, 용서해라."

그러자 소년이 갑자기 서럽게 울기 시작했다. 그러고는 오히려 부모에게 "엄마, 아빠. 괜찮아요, 제가 미안해요."라고 말하는 것이었다.

이들의 슬픈 가족사는 그 구성원 누구의 잘못도 아니다. 다만 저주받아 마땅한 가난이 그들 가족을 황폐하게 만든 것이리라. 그래도 조금이라도 나아진 삶을 살아가려고 애쓰는 모습에서 작은 희망의 빛을 찾는다.

비행소년들에게 관심을 갖자고 하면 많은 이들이 가난한 집 아이나 결손가정의 아이들 중에도 비행을 저지르지 않는 아이들이 많은데 왜 나쁜 짓을 하는 아이들을 도와주느냐고 반문한다. 그러나 이들이 실제로 처한 상황은 생각보다 훨씬 열악하다. 부모의 학대와 가정불화를 피해 도망치듯 집을 나온 아이들이 많기 때문이다. 이처럼 집을 나와 거리를 떠도는 청소년들이 매년 20~30만 명을 웃돌 것으로 추산된다. 이 중 30퍼센트는 그나마 청소년쉼터와 같은 청소년 관련 기관의 보호를 받지만 나머지 70퍼센트는 말 그대로 거리에 방치되어 있다. 거리로 내몰린 아이들은 살아남기 위해 위험한 선택을 할 수밖에 없다.

물론 환경이 나쁘다고 해서 모두가 범죄를 저지르지는 않는다. 그러나 청소년비행이 가정환경과 깊은 관련을 가지고 있다는 것은 널리 알려진 사실이다. 이는 청소년비행이나 범죄의 원인이 아이들 개개인의 인성이 아닌 구조적인 문제에 있음을 의미한다. 그럼에도 소년재판을 받는 '보호소년'들은 보호라는 이름이 무색할 만큼 그 어느 곳에서도 충분히 보호받지 못하고 있다. 가정은 물론이고 국가가 제공하는 시설이나 사회에서 내미는 도움의 손길도 턱없이 부족한 형편이다.

국내에서 발생하는 형벌 법령 위반 소년범의 수는 2015년도 기준으로 7만 1천 명 정도에 이른다. 이 중에서 살인, 성폭행 등과 같이 중한 범죄를 저지른 소년들은 국내 유일의 소년 교도소인 '김천 소년 교도소'에 수감된다. 전체 소년범죄 사건 중에서 폭력, 살인, 성폭행 등 중범죄 사건이 차지하는 비율은 아주 낮다. 그 다음 단계의 소년들은 '7호처분'에서부터 '10호처분'을 받고 전국 10개의 '소년원'에 위탁되거나 '6호처분'을 받고 아동보호치료시설 등 소년법상 '6호처분기관'에 위탁된다. 이상의 소년들을 모두 합쳐도 연간 5천여 명을 넘지 않는다. 게다가 이들 기관 모두 포화 수용을 하고 있는 상태이다. 그리고 이들을 제외한 나머지 소년들은 '기소유예처분'이나 소년법상의 '1호처분' 등과 같은 '사회 내 처우'를 받고 사회로 돌려보내진다. 이처럼 소년범 중 6만 6천 명의 소년들이 사회로 돌려보내지는데, 대부분 결손가정이나 저소득층 가정의 자녀들이다 보니 돌아갈 집이 없거나 돌아가도 제대로 보살펴 줄

어른이 없기 때문에 다시 가출을 하고 비행을 저지르는 현상이 반복되고 있다. 사회 내 처우가 효과를 발휘하려면 보호력이 약한 가정환경을 조정해 주어야 하는데 정작 그 역할을 담당해야 할 국가와 사회는 손을 놓고 있으니 답답한 노릇이 아닐 수 없었다. 해결책은 하나, 이 아이들에게 가정을 만들어 주는 것이다.

모르면 모를까 사정을 알면서 그대로 손을 놓고 있을 수는 없었다. 나는 선진국에서 시행하고 있는 비행소년 전용 그룹홈인 '사법형 그룹홈'(청소년회복센터)의 필요성을 절실하게 느끼고 지역의 뜻 있는 분들을 만나 설득하기 시작했다. 그 후 많은 분들의 도움과 헌신으로 마침내 2010년 11월, 창원에 첫 번째 그룹홈을 개소할 수 있었다. 그날의 감회는 지금도 잊을 수가 없다. 비록 위탁형 대안가정이지만 오갈 데 없는 10여 명의 아이들이 형제가 되어 가정이라는 든든한 울타리를 갖게 된 것이다. 더 놀라운 것은 70퍼센트에 육박하던 재범률이 청소년회복센터에서 생활한 이후 20~30퍼센트대로 떨어졌다.

청소년회복센터는 지금 전국 20개로 늘어났다. 자그마치 수용 인원이 적은 소년원 두 개 정도의 규모다. 그리고 2017년 추석, 기적 같은 일이 벌어졌다. 각 센터에서 위탁아동 170여 명을 연휴 10일간 모두 귀가시켰는데 단 한 명도 낙오하지 않고 모두 돌아왔다. 무엇보다 여기서 지내는 6개월 동안은 아이들의 재범률이 0퍼센트였다. 따뜻한 돌봄이 있었기에 가능한 일이었다. 청소년회복센터는 더욱 많은 아이들을 범죄의 길에서 벗어나게 도와주는 징검다리가 될 것이 분명하다. 책임 있는 어른들의 관심과 지지가 필요한 이유다.

판사님,
청소년회복센터에 보내 주세요

··· 한 소년이 법원으로 나를 찾아왔는데 그 소년에 관해 아무런 기억이 나질 않았다. 재판할 때 작성해 두었던 메모지를 찾아 보니, 절도죄 등으로 나에게 재판을 받고 의료소년원에 보내지는 6호처분을 받았던 아이였다. 소년의 어머니는 소년이 두 살 때 이혼하여 벌써 오래전 연락이 끊긴 상태였고, 아버지는 1년 전부터 연락이 되지 않는다고 했다. 소년원에서 나와 고모네 집에서 생활하던 소년은 피치 못할 사정으로 집을 나와 2주간 공원에서 노숙하다 더는 버틸 수 없는 지경에 이르러서야 "어려울 때 연락해라."라고 했던 나의 말이 생각나 밤새 걸

어서 왔다고 했다. 아침밥은 먹었는지 물어보니 소년은 사흘간 굶었다고 했다. 그럼에도 다시는 범죄를 저지르지 않기로 나와 약속했기에 절도를 하지 않았다며 "판사님, 쉼터('청소년회복센터'를 지칭)에 보내주세요."라고 하였다. 소년과 함께 돼지국밥을 먹고, 통고제도를 이용해 소년을 청소년회복센터 중의 한 곳에 위탁했다. 그 소년은 현재까지 착실히 생활하고 있다.

청소년회복센터는 보호자를 대신하여 비행소년들을 보호할 목적으로 시작되어 소규모의 대안가정을 지향하기에 대규모 시설인 6호처분기관과는 달리 소년들을 가정과 같은 환경에서 개별적으로 보살필 수 있는 장점이 있다. 게다가 현재 부산·울산·경남지역에서는 6호기관이 없어 6호처분을 내릴 경우 소년들을 대전에 있는 '효광원'에 보내야 하는데, 그마저도 정원이 초과될 때가 많아 처분을 내리려고 해도 그러지 못한 경우도 흔하다. 또 6호처분기관의 설립에는 수십억 원의 비용이 드는 데다 지방자치단체의 예산이 지원되어야 해 설립이 만만치 않다. 이러한 형편에 청소년회복센터가 존재한다는 것은 참 다행스러운 일이다.

"당장 술·담배 못 하고 밤늦게 친구들이랑 나가서 못 노니까 힘들긴 해요. 하지만 여기선 다 같이 있어서 덜 심심해요. 수련회 같기도 하고…. 이제 퇴소하면 같은 잘못을 저지르지 않고 누구도 실망시키지 말아야죠."

소년법을 폐지해 처벌 수위를 높여야 한다는 목소리에 언론은 비행소년의 교정과 예방이라는 어려운 대안을 찾는 청소년회복센터에도 관심을 보였다. 처음에는 장난기 섞인 목소리로 인터뷰를 하다 진지한 태도로 자신의 마음을 고백한 이 소녀의 일과는 규칙적이다. 아이들이 엄마, 아빠라고 부르는 운영자 부부의 보호 아래 매일 오전 8시쯤 하루를 시작해서 오후 11시에 잠자리에 들고, 학교에 가고 남은 아이들은 일주일에 한 번 있는 독서모임을 준비하거나 대학생 멘토링을 받으며 검정고시를 준비한다. 가정에서 받지 못한 관심을 받고, 손을 놓았던 공부를 다시 하면서 아이들은 조금씩 변화해 가고 새로운 기회를 꿈꾼다.

어려운 처지에 있는 아이들일수록 사회로 나가기 전에 전진기지 역할을 해 줄 베이스캠프가 필요하다. 청소년회복센터는 아이들에게 그런 역할을 해 줄 수 있는 곳이다. 그런데 현재 법령으로는 청소년회복센터에서 지내고 싶어도 6개월밖에 있을 수가 없다. 연장하면 최대 1년까지 가능하긴 하지만 그래봐야 고등학교 졸업장 따기도 힘든 아이들이 많다. 게다가 청소년회복센터를 나가면 소재 파악조차 안 되는 경우도 허다하다. 그러다 보면 주변 환경은 변하는 게 없으니 또다시 비행의

"

상대 팀 선수로부터 심한 태클을
당해 본 축구 선수는 그 아픔을 알기에
비정상적인 방식의 거친 태클을 자제하게 된다.
이것이야말로 정상적인 인격이
작동하는 방식이리라.
아이들은 축구를 통해
이를 하나씩 배워 나가고 있다.

"

유혹에 빠지고 만다. 때문에 아이들에게 가장 중요한 일은 홀로서기를 할 수 있도록 마음의 힘을 길러 주어 스스로 마음의 상처를 치유하게 하는 것이다. 그런데 대안가정이 가정의 역할은 해 줄 수 있지만 아이들의 심성을 곧게 세우고 정서와 인성을 함양해 주는 일은 또 다른 문제였다. 여행이나 운동을 하고 문화와 예술을 접하게 해 주어야 하는데 이는 청소년회복센터 밖에서만 경험할 수 있는 일들이기 때문이다. 나는 다시 백방으로 길을 찾기 시작했다.

그러던 어느 날 단골로 다니던 돼지국밥집 사장님이 아이들과 축구단을 만들고 싶다며 찾아왔다. 반가웠지만 호의를 덥석 받기에는 걸리는 일이 몇 가지 있었다. 안 그래도 상처가 많은 아이들이다. 흐지부지 하다가 말 것 같으면 안 하는 게 낫다는 생각에 국밥집 사장님께 한번 시작하면 적어도 6개월은 해야 하며, 1주일에 한 번씩 하기로 했으면 비가 오나 눈이 오나 반드시 약속을 지킬 것과 축구 끝나고 적어도 밥은 먹여서 보내야 한다고 못을 박았다. 자칫 껄끄러울 수 있는 요구였지만 진심이 통했는지 사장님은 흔쾌히 그러마 했다.

그 후로 매주 목요일 저녁, 아이들과 함께 축구를 하기 시작했다. 아이들은 몸만 오면 되도록 독지가의 후원으로 운동장 빌리는 비용과 축구복, 축구화를 마련했다. 축구단의 이름은 '만사소년 축구단'으로 지었다. 만사, 모든 일을 아이들을 위해서 한다는 의미였기에 나 역시 한 주도 빠지지 않고 아이들과 함께했다. 청소년비행은 주로 저녁 시간에 일어난다. 아이들은 범죄 유혹을 받는 시간에 법원 축구단과 경기를 하며 스트레스를 풀고, 규칙에 대해 배웠다. 아이들이 안 나오는 날은 괜히 불안했고, 다음 연습 때 '지난 주는 아파서 못 나왔었다.'고 하면 안도의 한숨이 나왔다. 이 아이들은 자존감이 낮아서 소리도 크게 못 지른다. 원래는 에너지가 넘치는 아이들인데 자꾸 무기력해지는 것이다. 그런데 처음에는 위축되어 있거나 누군가와 몸만 부딪쳐도 험상궂은 얼굴로 욕부터 내뱉던 아이들이 언제부터인가 진지한 얼굴로 축구에 열중하고 있었다. 순간 다른 아이들이 아닌가 내 눈을 의심했을 만큼 완연히 달라진 모습이었다. 순전한 열정으로 무언가에 몰두한 아이들의 모습만큼 아름다운 광경이 또 있을까. 나도 모르게 얼굴에 아빠 미소가 번졌다.

22명이 함께하는 운동인 축구는 자기가 상대 팀 선수로부터 심한 태클을 당해 극심한 아픔을 겪게 되면 그 이후 자신은 그 아픔을 알기 때문에 비정상적인 방식의 거친 태클을 자제하게 된다. 이것이야말로 정상적인 인격이 작동하는 방식이리라. 아이들은 축구를 통해 이를 하나씩 배워 나가고 있다. 이후 창원과 대전에도 축구단이 만들어졌다. 이번에도 한번 하면 반드시 4~5개월은 꾸준히 해야 한다고 강조했다. 캠프도 가고 전지훈련도 가고 시합도 열렸다. 나 역시 아이들과의 약속을 지키기 위해 아이들이 관련된 모든 행사에 참여했다. 쉽지 않은 일이었으나 지켜야 하는 약속이었다. 지난 8년간을 돌이켜 보니 저녁 시간에 내가 만난 사람들은 거의가 비행소년들, 그리고 그들을 위해 애쓰는 사람들뿐이었음을 새삼 깨닫는다. 친구들과의 만남도 가지지 못했고 법원 식구들과 어울리는 시간도 거의 없었다. 외롭다면 외로운 시간들이었으나 아이들이 있어 내게는 고독을 느낄 시간이 없었다.

보호소년들 중에는 운동선수가 꿈인 아이들도 많다. 재판을 하며 만나는 아이들 중에 축구를 좋아하는 소년이 있으면 만사소년 축구단 연습에 꼭 나오라고 일러준다. 단지 운동을 하기 위해서가 아니라 함께하는 과정에서 상처가 치유되는 아이들이 있기 때문이다. 한 번은 나에게 재판을 받은, 태어나서부터 보육 시설에서 생활하는 중학교 2학년 남자아이가 사춘기를 맞아 방황을 시작했다. 보다 못한 아내가 아이를 불러 눈물로 함께 기도하며, "네가 제일 원하는 게 뭐니?"라고 묻자 아이는 "가족이 있었으면 좋겠어요."라고 대답했다고 한다. 아이가 절실히 원한 것은 휴대폰도 아니고 친구도 아니었다. 힘들 때, 외로울 때 함께해 줄 가족이 절대적으로 필요했던 것이다. 아이에게 당장 가족을 찾아 주는 것이 불가능하기에 마음이 너무 아팠다. 다행히도 그 후 아이의 방황은 사그라들어 만사소

넌 축구 팀 연습에 열심히 참석했고, 파주에서 열린 축구대회에서도 선수로 뛰었다. 이룰 수 없는 소원이었으나 그 소원을 누군가에게 말할 수 있었던 것만으로도 위로가 되었는지 모른다. 만사소년 축구단이 아이들을 따듯한 집처럼 품어 줄 홈구장이 되기를 소망한다.

바람처럼 왔다가 바람처럼 사라지는 아이들의 희망 노래

… 아이들은 우리 사회의 미래다. 한 사회가 지속될 수 있으려면 우수한 아이들이 배출되는 것도 중요하지만, 적정한 수의 아이들이 사회로 유입되는 것도 중요하다. 하지만 낮은 출산율과 증가하는 청소년 자살률은 우리 사회의 전망을 어둡게 만든다. 이런 상황에서 우리나라는 초고령화 사회로 진입하고 있으며, 그 부담이 미래의 주역인 우리 아이들의 어깨에 고스란히 전가될 수밖에 없는 상황이다. 때문에 미래 사회의 전망을 위해서라도 아이들 모두를 소중하게 다루지 않을 수 없다. 또한 국가의 정책에서도 아이들 관련 정책은 최우선 순위에 놓

여 있어야 한다. 하지만 실상은 그렇지 못하다. 이들 정책은 아직도 최후 순위에 방치되어 있다. 그 이유에 대해 많은 사람들이 이구동성으로 아이들에게 선거권이 없어서라고 설명한다. 미래의 주역인 아이들이 선거권이 없다는 이유로 제대로 대접을 받지 못한다고 생각하니 늘 마음이 편치 않다.

사정이 이렇다 보니 아이들 관련 정책의 개선은 더디기 짝이 없다. 그러는 동안 소중한 기회는 사라져가고 있다. 아이들은 서둘러 어른이 되기 때문이다. 그래서 나는 사법형 그룹홈인 청소년회복센터를 고안하는 등 내가 할 수 있는 조그만 일부터 실천해 왔다. 비행의 늪에서 한 명의 아이라도 더 건져내기 위해서다. 그런 노력이라도 하지 않고서는 아비의 양심이 나를 용서하지 않았다. 다행히 많은 분들이 나와 더불어 아이들의 손을 잡아주고 마음을 내주어 여기까지 올 수 있었다. 매주 화요일에 모이는 합창단 활동도 그중 하나이다.

2016년 어느 날, 고등학교 친구가 청소년회복센터의 아이들을 보내주면 악기를 가르쳐 공연에 데리고 다니고 싶다며 먼저 제안을 해 왔다. 음악이 주는 치유와 위로의 힘을 나 역시 잘 알기에 기회만 된다면 아이들에게 음악과 만날 자리를 마련해 주고 싶었다. 그러던 차에 먼저 제안을 해 왔으니 고맙기 그지없었다. 하지만 막상 악기를 다룰 만한 아이들이 별로 없어서 악단을 만드는 것은 성사가 되지 않았다. 좋은 기회를 그대로 버리기엔 아까워서 이번에는 내가 노래를 가르쳐 보는 것은 어떠냐고 제안을 했다. 노래는 악기에 비해 접근하기도 쉽고 인원 수도 비교적 자유로운 편이라서 그런지 그도 흔쾌히 수락을 했고, 그렇게 합창단이 만들어지게 되었다. 부산과 울산, 경남의 청소년회복센터에서 생활 중인 아이들이 합창단에 참여했고, 이 역시 몇 번 하다 흐지부지되면 아무런 효과가 없기에 매주 꾸준히 연습할 것을 약속하였다. 합창단은 매주 화요일에 모여서 연습을 하는데 나 또한 시간을 쪼개어 매주 아이들과 함께하였다. 청소년회복센터에서 아이들이 지내는 기간은 통상 6개월이다. 이렇게 바람처럼 왔다가 바람처럼 사라져 가는 소외된 아이들이지만, 이 아이들도 사람들로부터 인정과 칭찬을 받고 싶은 바람이 있고, 이 바람을 합창을 통해 이루어 간다는 마음을 담아 '바람의 아이들'이라는 이름도 직접 지었다.

사실 내가 합창단을 시작하자고 했을 때만 해도 주변 반응은 그저 그랬다. 다들 몇 번 연습하다가 그만둘 거라고 생각하는 눈치였다. 소년원처럼 격리 시설에 오래 머무는 아이들을 모아 합창단을 만드는 것과 달리, 어느 순간 그야말로 바람처럼 휙 사라져 버리는 아이들을 매주 불러 모아 합창단을 꾸린다는 것은 불가능해 보였다. 더구나 이 아이들은 악보를 볼 줄도, 성악을 배워 본 적도 없는 아이들이었다.

그럼에도 나는 한술 더 떠 이 아이들을 연습시켜서 창

단공연을 열겠다는 담대하고 야무진 계획을 세웠다. 2016년 11월 공연을 목표로 연습이 시작되었다. 한 주 한 주 정성을 기울이자 놀랍게도 아이들의 눈빛이 변하고 입이 열려 합창이 되기 시작했다. 그 순간은 나와 선생님들에게도, 그리고 아이들 스스로에게도 감동의 도가니였다. 아이들은 2시간이나 되는 연습 시간 동안 아무런 불평 없이 자리를 지켰고, 심지어 지휘자에게 연습을 더 하자고 졸라 선생님들을 당황시키기도 했다. 공연이 다가오자 합창 단원이 아닌 아이들도 참가시켜 달라고 조르는가 하면, 어떤 아이는 친구나 부모님을 초청해도 되는지 묻기도 했다.

6개월간 매주 의령에서 부산까지 아이들을 데리고 오는 수고를 아끼지 않았던 조○○ 자운영청소년회복센터장은 "설마 이 아이들이 합창을 하고 공연을 할 줄 상상도 하지 못했어요. 깊은 상처를 안고 있는 아이들, 매 순간 좌충우돌 어디로 튈지 모르는 우리 아이들이 합창을 할 수 있을지 스스로도 반신반의했던 일이 실제로 일어나게 되었습니다. 기적이라고밖에 할 수 없어요."라는 말로 아이들을 대견해 하였다. 공연을 앞두고 설레기는 아이들도 마찬가지였다.

처음엔 많이 어색하고 할 수 있을까 생각했는데 시간이 가고 입을 열면서 나의 소리가 함께 어울려 울림이 되어 소리로

"

가정 해체로, 학업 중단으로

잠시 나는 것을 멈추고 있는 아이들이지만

그들에게도 날고 싶은 꿈이 있다.

"

나타나는 모습에 나 자신도 놀랐다. 아! 이런 것이 합창이구나 하는 생각에 나도 할 수 있구나 하는 자신감도 생기고 큰 무대에 서는 꿈도 꾸면서 이 합창에 함께하는 것에 큰 보람을 느끼고 있다. 아마 내 평생에 이런 무대가 다시 올 수 있을까 하고 생각하니 가슴이 뭉클하고 함께하는 단원들 그리고 합창 연습을 위해 애쓰시는 많은 어른들께 감사하다. 이 모든 아름다운 모습들을 영원히 가슴에 간직하고 살아가리라는 마음의 다짐을 해 본다.

- 샬롬청소년회복센터 박○○

합창단을 하면서 제각각 다른 우리가 하나의 목소리를 내기 위해 연습하면서 우리도 할 수 있다는 걸 느꼈고 많은 사람들이 우리를 보며 자신도 언제나 노력하면 할 수 있다는 걸 느꼈으면 좋겠다. 이번 기회로 모든 아이들이 새로운 걸 하나씩 느끼거나 배웠을 거라 생각하고 자신이 할 수 있다는 걸 잊지 않고 살아가길 바라고 세상 사람들이 색안경을 벗고 우리를 바라봐 주시면 좋겠다. 이런 기회를 저희에게 주신 모든 분들에게 정말 감사드린다.

- 예람청소년회복센터 여△△

솔직히 처음에는 이런 걸 왜 하나 싶었고 귀찮고 다 짜증났었는데 점점 하다 보니까 단합도 잘 되고 애들이 의욕도 생겨서 하고 싶은 마음이 들어 즐거워했고, 나도 따라서 점점 흥미로워지고 기대되어 갔다. 우리가 연습하는 장면을 녹음한 것을 들을 때마다 소름 돋고 뿌듯하고, 공연 생각에 하루하루 설레고 기대하는 그 기분이 정말 좋다. 한 번 공연하고 나면 끝난다고 하는데 다음에도 또 더 멋진 합창단으로 한 번 더 무대에 설 수 있는 기회가 있었으면 좋겠다. 아름다운 소리를 만들어서 꼭 사람들에게 감동을 전해 주고 우리가 이만큼 했다는 것, 할 수 있다는 걸 보여 줘서 편견을 깨트리고 싶다.

- 둥지청소년회복센터 박☆☆

가수 전인권 씨가 참여해서 〈걱정말아요 그대〉를 아이들과 함께 부르며 공연은 더욱 빛을 발했다. 전인권 씨는 부산에 공연차 내려왔다가 우연히 나와 만난 자리에서 '바람의 노래' 합창단의 공연 취지를 전해 듣고는 아이들을 격려하고 축하해 주고 싶다며 자신도 함께 무대에 서겠다고 말해 나를 놀라게 했다. 유명 가수인 데다 당시 한창 인기 있던 노래였으니 아마 '노래 값'이 상당했을 텐데 무료로 재능기부를 해 준 가수 전인권씨에게 이 자리를 빌려 다시 한 번 감사드리고 싶다.

많은 사람의 마음이 이어진 훈훈한 무대였다. 노래를 하는 아이들도, 객석을 가득 채운 관객들도 감동과 여운에 울먹였다. 부족하나마 나도 무대에 올라 〈거위의 꿈〉과 〈시월의 어느 멋진 날에〉를 부르는 것으로 아이들을 응원하였다. 6개월간 아이들을 지도했던 김종은 지휘자는 처음에 왠지 모를 낯섦과 두려움을 가지고 합창단을 시작했다고 말했다. 비행소년을 대하는 평범한 국민들의 마음도 이와 같을 것이다. 그러나 그는 아이들을 만나는 횟수가 거듭될수록 이들을 바라보는 자신의 시각이 점점 달라졌음을 고백하며, 기회를 준다는 것이 어떤 의미인지 깨달았다고 했다.

가정 해체로, 학업 중단으로 잠시 나는 것을 멈추고 있는 아이들이지만 그들에게도 날고 싶은 꿈이 있다. 학교를 마치고 사회에 진출해서 평범한 시민으로서 행복하게 살고 싶은 희망이 있다. 이번 공연이 그 꿈을 이루어 가는 첫걸음이 되었을 것이다. 이 모두는 아낌없는 후원을 해 준 주식회사 세지솔로텍 회장님, 흔쾌히 연습 장소를 빌려준 지역 교회들, 바쁜 일정에도 불구하고 연습에 늘 함께해 준 선생님들과 청소년회복센터 운영자들, 매주 연습 때 식사와 간식을 준비해 준 이들처럼 아이들의 꿈을 지지하는 많은 이들의 숨은 공로가 있었기에 가능했다. 공연을 마친 뒤 고생한 아이들 한 명 한 명에게 건넸던 한 송이 장미꽃처럼 아름답고 향기 그윽한 격려들이었다.

여행이 아니면 알 수 없는 것들

… 보호소년들과 기회가 닿는 대로 오페라도 보고 프로야구도 관람하고 1박 2일 캠프도 열었다. '문화예술 체험여행'이라는 이름으로 판소리, 민요, 한지공예, 목공예를 체험해 보게 하고 문학관도 방문했다. 그랬더니 한 아이가 "법원의 아들이 된 것 같아 좋아요."라고 말해서 다 같이 웃기도 했다. 비행소년이라는 렌즈만 빼고 보면 대부분 비행 정도가 가볍고 사회적 관심에 따라 얼마든지 성장할 수 있는 아이들이다. 아이들이 자신이 처한 환경에 대한 불만에서 벗어나 희망적인 미래를 설계할 수 있는 계기를 더 많이 만들어 주지 못해 안타까울 뿐이다.

마음속에 상처가 많은 이 아이들이 자신의 소중함을 스스로 깨닫고 자신의 삶과 꿈을 포기하기엔 이르다는 것을 깨달으려면 우선 스스로를 돌아보아야 한다. 그 방법으로 여행, 특히 해외여행만 한 것이 없는 것 같다. 옷이 없어 매일 똑같은 옷을 입고 학교에 가서 놀림을 받는 아이들의 기를 살려 주고 싶은 마음도 컸다. 그러던 차에 고맙게도 '하나투어 여행사'와 인연이 닿아 아이들과 세 번의 희망여행을 다녀왔다.

여행은 준비 단계부터 만만치 않았다. 부모의 반대는 예사고, 친권자와 연락이 되지 않아 여권 발급에 제동이 걸려 못 가는 아이들도 많았다. 첫 해에 간 곳은 태국이었다. 외국 여행은 꿈도 못 꿀 아이들의 시야를 넓히고, 상대적으로 힘든 환경에서도 열심히 살아가는 이국의 아이들을 만나면 내면에 긍정적인 각성이 일 것을 기대한 여행이었다. 누구에게나 여행은 설레는 일이다. 하물며 제대로 된 여행이라고는 해 본 적 없는 아이들인데 오죽했을까. 아이들은 흥분한 얼굴로 연신 "방금 봤어요? 외국인들이 인사 받아 줬어요!", "하핫, 생각보다 너무 좋아요!", "아, 너무 재미있어요!" 외쳐 댔다.

소수민족이 다니는 쌍완 위타야 학교에 가서 그 아이들에게 공과 필기구를 선물하고 어린아이들과 놀아 준 열여덟 살 소녀는 "남을 도와주니까 어른이 된 것 같아요."라고 말했다. 5미터가 넘는 나무에 매달려 줄을 타고 강을 횡단해야 하는

데 다리가 후들거려 포기했던 이 소녀는 "이런 내가 2년 전 분노 조절이 안 돼 자해를 하고 선생님께 흉기를 휘둘러 10호처분(소년원 2년 송치)을 받았다니…. 스스로가 부끄러워졌어요." 라는 말을 털어놓기도 했다. 그런 아이들이 대견하다가도 어느 틈에 공항 면세점에서 외국인에게 부탁해 담배를 산 삐딱이들을 보니 해외에 나와서도 호통을 치지 않을 수 없었다.

"너그들, 여기 여행 왜 왔나! 잘못 반성하고 다시 시작하자고 온 거 아니가?"라는 호통에 결국 눈물을 흘리며 반성문을 두 장씩 쓰고서야 잠잠해지는 아이들이었다. 그러던 아이들이 여행 넷째 날이 되자 낯선 땅에서 서로 속마음을 털어놓기 시작했다. 가위만 있으면 어떤 오토바이든 시동을 걸어 훔쳐 달아날 수 있지만 이제 자유가 없는 생활이 무슨 뜻인지 알기에 달라지겠다는 열네 살 소년의 말에, 열일곱 살 소년은 위탁 기간 중에 어머니가 돌아가셨다며 다시는 사고를 치지 않겠다고 다짐했다. 열아홉 살 소년은 담담히 말했다.

"돌이켜 보면 나는 지금까지 꿈이란 것도 없었고 하고 싶었던 것도 없었어요. 차량 절도, 사기, 아리랑치기…. 나 자신을 스스로 감당할 수 없다는 좌절감도 들었습니다. 여행을 오니 판사님이 알려 준 시바타 도요의 시가 기억납니다. '불행하다고 한숨짓지 마. 햇살과 산들바람은 한쪽 편만 들지 않아. 꿈은 평등하게 꿀 수 있는 거야…'."

"

짧은 여행은 끝났지만
이 아이들 각자의 삶에서 진짜 여행이
시작되었음을 느끼기에
충분한 시간이었다.

"

짧은 여행은 끝났지만, 이 아이들 각자의 삶에서 진짜 여행이 시작되었음을 느끼기에 충분한 시간이었다. 그리고 다음 해에 두 번째 여행이 '희망여행 – 지구별 여행학교'라는 이름으로 시작되었다. 라오스는 바다가 없는 나라이자 빈곤 국가에 속한다. 공장이 없어 공해가 없을 정도이고, 차관의 45퍼센트가 공무원의 월급으로 지출되는데, 여행 당시 들어보니 그마저도 5개월이나 밀려 있다고 했다. 라오스 여행에서는 사랑을 주고받은 경험이 거의 없는 아이들이 '봉사'와 '나눔'을 통해 사랑의 의미를 깨달아 가기를 바라며 떠났다.

아이들은 힌팃초등학교에서 잡초를 제거하고 건물의 페인트칠을 했다. 쉬는 시간에는 현지 어린이들과 장구를 만들어 아리랑도 부르고 운동장에서 비행기도 날리며 놀아 주었다. 자신의 삶도 팍팍하기 짝이 없을 한 소년이 그 아이들을 보며 "내가 편하게 살아왔구나."라는 말을 하였다. 또 열일곱 살 소년은 "사실상 부모님에게 버려진 저를 판사님과 여러 고마운 분들이 후원해 주셨다는 걸 알고 있어요. 나중에 취업하면 여기 아이들 같은 친구들에게 후원이란 걸 해 보고 싶습니다."라는 말을 해서 듣고 있던 후원자들의 마음을 먹먹하게 만들기도 하였다.

세 번째 여행은 캄보디아의 시엠립으로 다녀왔다. 37도가 넘는 폭염 속에 도서관을 짓는 공사가 시작되었다. "아, 너무 덥고 힘들어요!" 여기저기에서 들려오는 곡소리에, 몰래 그늘로 도망가 꾀를 부리는 아이들을 잡아 와 끝까지 열심히 해야 한다고, 제대로 안 하면 한국으로 못 돌아간다고 호통을 쳤다. 파이프를 연결한 지 몇 시간이 지나자 도서관이 점차 형태를 갖춰 가기 시작했고, 말썽꾸러기들도 제 손이 가진 힘이 신기했던지 일에 속도를 내기 시작했다. 다음 미션은 동양 최대의 호수인 톤레삽 인근 빈민촌을 찾아 생필품을 전달하고 급식소에서 봉사를 하는 일이었다.

이곳 아이들은 급식소에서 제공되는 한 끼의 식사만으로 허기를 채우고 있었다. 어떤 아이는 가족들에게 주기 위해 일부러 밥을 남겨 비닐봉지에 담아 가기도 하였다. 소년들과 함께 식사를 대접하던 나는 그런 아이들의 모습을 보며 가슴 밑바닥에서부터 솟구쳐 올라오는 슬픔과 아픔에 한동안 죄 없는 하늘만 노려보았다. 소년들 또한 자신보다 어려운 아이들에게 한 끼를 대접하며 많은 것을 느끼는 듯했다. 어린아이들과 놀던 소년 하나가 가이드 선생님에게 캄보디아어로 '예뻐요'가 뭔지 묻더니 곁에 있던 어린아이를 번쩍 들어 올려 안아 주며 말했다.

"싸앗!(예뻐요!)"

돌봄을 받아 본 적 없는 소년들이 자기보다 더 어려운 아이들에게 눈길을 건네고 온기를 주고받는 모습에 가슴이 뻐

근했다.

여행을 마치고 돌아온 아이들은 한층 더 성장해 있었다. 여행이 어땠는지 묻는 질문에 아이들은 "하루 한 끼밖에 먹지 못해도 즐겁게 지내는 모습이 기억에 남아요.", "작은 것 하나에도 감사함을 느끼며 살겠습니다.", "이 아이들을 보니 짜증내고 투정 부린 나를 반성하게 되었어요.", "나중에 필요한 사람들에게 집을 선물하고 싶어요.", "어른이 되면 제가 먼저 봉사하고 도움을 줄 수 있는 사람이 되고 싶어요."라고 답했다. 나 역시 많은 숙제를 받은 기분이었다.

하나의 문이 닫히면 다른 문이 열린다

… 프랑스에는 '쇠이유(Seuil)'라는, 비행소년을 위한 도보 여행 프로그램이 있다. 비행소년이 낯선 성인 멘토와 함께 3개월 동안 1,600킬로미터를 걷는 여행을 완수하게 하는데, 여행을 완주하면 판사와 법원 직원들, 그리고 관계자들이 성대한 파티를 열어 준다. 도보 여행을 마친 청소년들의 재범률은 15퍼센트로, 일반 비행소년들의 재범률 85퍼센트보다 극히 낮았다고 한다. 『걷기 예찬』이라는 책으로 유명한 인류학자 다비드 르 브르통은 쇠이유를 지지하며 '걷기는 자신의 문제를 마주하는 내면의 여정이다. 걷기는 아이들이 자신의 과거와 결별하고

스스로를 둘러싼 벽에 창문을 낼 수 있는 내면의 힘을 줄 것'이라고 말했다.

나는 쇠이유가 지향하는 바에 마음이 크게 움직여 2015년부터 사단법인 만사소년의 도움을 받아 힘을 다해 아이들과 '2인 3각 도보 여행'을 시행하고 있다. 두 사람이 각자의 다리 중 한쪽을 끈으로 묶고 함께 달려가는 것처럼 성인 멘토와 위기 청소년 멘티가 서로 마음의 다리를 묶고 한마음이 돼 도보 여행을 하라는 뜻에서 붙인 이름이었다. 목표를 세우고, 계획을 짜고, 익숙하지 않은 일과를 견디고, 동행자와 대화하며 보살핌을 받는 것 등 도보 여행의 모든 과정 하나하나가 아이들에게 너무나 소중하다. 포기하는 아이도 있을 것이고, 투덜대는 아이도 있을 것이다. 여행이 끝나도 크게 달라지지 않는 아이도 있을지 모른다. 그럼에도 버려진 거리가 아니라 스스로 선택한 길 위를 걷는 경험은 이 아이들이 삶의 방향을 찾는 데 디딤돌이 되어 줄 것이다.

쇠이유 재단의 설립자인 올리비에는 "자신의 아이는 과잉보호하면서 다른 아이들은 더 억압하라고, 위험한 아이들을 격리시키라고 요구하는 게 프랑스의 현실이다."라고 개탄했다. 우리나라 또한 다르지 않다. 어느 날 기자 한 분이 사무실에 들렀기에 이런저런 이야기를 하다가, 2002년 배석판사로 담당했던 한 소년의 이야기를 듣게 되었다.

당시 중학생이었던 소년은 퍽치기 범죄를 저질러 형사 재판을 받았다. 그의 아버지는 야구에 남다른 재능이 있던 아들을 포기할 수 없어, 피해자들 모두에게 아들을 대신해 크게 사죄하고 배상하여 용서를 받았다. 아들을 살리겠다는 아버지의 정성이 통해 1심에서는 형 집행유예의 판결이 선고되었고, 2심에서는 소년부 송치 결정이 내려져 소년보호처분을 받았다. 사회봉사와 보호관찰을 모두 끝낸 소년은 고등학교에 진학하였고, 이후에는 다시는 비행을 저지르지 않고 훌륭한 야구 선수로 자랐다. 그리고 2007년 프로야구 신인 드래프트로 국내의 유명 구단에 입단해 시범 경기에서 호투를 펼쳤고, 이로 인해 금방 유명세를 타기 시작하였다.

그런데 그가 막 자신의 꿈을 펼치려던 찰나에 누군가가 그의 비행 전력을 인터넷에 올렸고, 그로 인해 그의 어두운 과거가 SNS를 통해 퍼져 나가기 시작했다. 한국야구위원회 홈페이지와 소속 구단 홈페이지는 순식간에 '퍽치기 전과자 투수'라며 그를 비난하는 글로 뒤덮였고, 결국 그는 정규시즌 마운드에 오르지도 못한 채 2007년 4월 야구장을 떠났다. 이후 그의 인생은 나락으로 떨어졌다.

사회에서 거부당한 그가 다시 범죄를 저질러 구속되었다는 소식에 안타까움이 몰려왔다. 나는 그의 이야기가 실린 나의 책 앞에 '힘들 때마다 아버님의 기도와 노고를 기억하시기 바라며 이 책을 드립니다.'라는 글을 적어서 그에게 전해 달라고 기자에게 건넸다. 그리고 며칠 뒤, 기자가 나에게 쓴 그의 편지를 들고 찾아왔다. 아버님은 이미 돌아가셨고, 그는 책을 읽으며 돌아가신 아버지 생각에 많이 울었다고 했다. 편지에는 새 삶을 살겠노라는 다짐이 빼곡히 적혀 있었다. 그가 이제부터라도 보통 시민으로서의 삶을 살아가기를 바랄 뿐이었다.

비록 무거운 죄를 저질렀다고 하나 그는 이미 법에서 정한 처벌을 받았다. 그를 비난하는 대신 마운드에 설 기회를 주었더라면 우리는 또 한 사람의 뛰어난 야구 선수를, 어두웠던 과거를 딛고 새 삶을 시작하는 갸륵한 야구 선수를 얻었을지도 모른다. 그랬더라면 그 또한 자신에게 관용을 베푼 사회에 보답하는 마음으로 더욱더 열심히 운동에 전념하고 선량한 시민이 되어 살았을지도 모른다. 이렇게 생각하니 아쉬움과 씁쓸함에 가슴이 답답해졌다. 죄를 저질렀으면 처벌을 받는 건 당연하다. 하지만 영원히 벌만 받게 할 수는 없다. 다시 함께 살아야 한다. 죄는 엄벌하되 죗값을 치르고 나면 사회 구성원으로 되돌아가 어엿한 시민으로 살아갈 수 있게 도와줘야 하지 않을까? 무릇 죄는 형벌로 다스리는 것이 아니라 세상이 도와야 재발하지 않는다고 했다. 세상에서 소외되고 거리로 내몰린 아이들을 품어 되돌리는 일을 누군가는 꼭 해야 하지 않을까?

소년범 대부의 오보(誤報)

… 이 역사적인 날에 여러분과 함께 기쁨을 나눕니다. 그리고 엎드리어 눈물로 감사의 인사를 올려드립니다. 사법형그룹홈인 '청소년회복지원시설'에 대해 2018년도부터 국가 차원에서의 예산 지원이 이루어지게 되었습니다. 불가능할 것만 같았던, 한없이 기다려야 할 것만 같았던 예산 지원 문제였는데, 이렇게 벼락같이 처리되고 나니 예산 문제로 안달하던 제가 얼마나 작고 부족한 인간인지 새삼 깨닫게 됩니다.

위의 글은 2017년 12월 6일 아침에 내가 지인들에게 보낸 문자 메시지의 일부이다. 그런데 황망하게도 문자를 보내고 나서 얼마 뒤에 예산 지원 소식이 오보였음을 알게 되었다. 너무 기쁜 나머지 성급하게 소식을 알리려다가 본의 아니게 오보를 전한 셈이다. 송구하고 무참하여 무언가를 해 보려는 의지마저 꺾인 채 무기력에 휩싸여 버렸다. 특히, 내가 보낸 메시지를 바탕으로 잘못된 기사를 내게 된 기자 두 분에게는 죄송한 마음 금할 길이 없다. '소년범의 대부'라 불리는 나로서는 내부 상황을 누구보다 잘 알기에 예산 지원을 간절히 바랄 수밖에 없었다. 그 간절한 마음이 그만 어처구니없는 실수까지 저지르게 만든 것이라고 너그러이 이해해 주시기를 바랄 뿐이다. 변명 아닌 변명을 하자면 국정감사장에 다녀온 이후 마음이 다소 들떠 있었던 듯싶다.

2017년 국정감사장에서 있었던 일이다. 고단하였으나 직접 차를 운전하여 부산에서 감사장인 대구법원청사로 갔는데, 노회찬 의원이 아주 낯설게 질문을 하였다.

"국정감사는 묻고 따지고 호통 치는 장인 경우가 많은데, 오늘은 감사하는 의미에서 질의하겠다. 천종호 판사는 8년 동안 1만 2천여 명의 소년범을 재판했을 뿐 아니라 '청소년회복센터', 일명 '사법형 그룹홈' 제도를 제안하고 정착시키는 등 문제 해결 방안도 제시했다. (…) 지금 하는 일을 더 열심히 해 주시길 바란다. 고맙다."

그는 눈시울을 붉히며 잠시 말을 멈췄다. 조심스레 답변해 나가던 피감자인 나도 가슴이 뜨거워져 울컥하고 말았다. 그는 "현재 법원에서 청소년회복센터에 지원하는 예산은 소년심판규칙에 따라 아동 1인당 50만 원과 일부 후원금이 전부"라며 "부족하지 않은가? 정부나 국회에 요청하는 바는 없는가?"라고 물었다. 나는 "비행소년들도 대한민국의 청소년입니다. 이 아이들도 우리의 소중한 미래가 될 수 있습니다. 관심과 지원을 부탁드립니다."라고 대답하였다. 뜻밖의 감사와 위로를 받고 나니 예기치 못한 인사 발령에 따라 '소년사건'을 담당하게 되었던 2010년 2월부터 지금까지의 일이 주마등처럼 스쳐 지나갔다.

부모의 따듯한 보살핌 아래에서 성장해야 할 어린 소년들은 어른들의 무관심과 방치 속에 거리를 떠돌다 비행세계에 발을 담그고, 그러다 잡혀 와 소년재판에 맡겨진다. 처분 이후에 재비행이 없기를 바랐지만 말 그대로 바람에 그치고 말 때가 많았다. 비행소년들도 대한민국의 청소년이고, 보호받아야 할 아동이다. 그러나 현실은 그렇지 않았다. 비행소년들은 정치적 이용 가치가 없기에 보수나 진보 진영 모두에게서 투명인간처럼 취급되며 아무런 도움도 받지 못한 채 다시 재비행의 나락으로 떨어지고 있었다. 이러한 악순환을 두고 볼 수만은 없어서 그들을 회복시킬 수 있는 방안을 찾으려고 여러 곳을

"

'고아와 과부와 나그네와 옥에 갇힌 자와
장애인과 병자'로 대표되는 사회적 약자들에게
사랑을 실천하라는 체다카 정신이야말로
오늘날 우리 사회에 꼭 필요한 정신이 아닐까?

"

뛰어다녔다. 그리고 '대안가정'과 '대안부모'가 해결 방안이라는 결론을 내리고 뜻있는 분들을 설득하여 '비행소년 전용 그룹홈'인 청소년회복센터의 설립을 추진하기 시작했다. 이를 통해 많은 소년들이 상처를 치유받았고, 부모와 사회와의 관계도 회복하였다. 무엇보다 재비행률이 현저하게 떨어졌다.

사법형 그룹홈을 만들고 나서 재판에서 만난 중학교 1학년 쌍둥이를 위탁한 일이 있었다. 부모의 이혼과 우울증으로 가정의 돌봄을 받지 못했던 아이들이었다. 청소년회복센터에서 1년 동안 말썽 한 번 안 피우고 착실히 생활하던 아이들이 시설에서 나간 지 2주 만에 빵을 훔쳐 파출소에 있다는 소식을 들었다. 돌봐 줄 사람이 없으니 어쩌면 당연한 일이었다. 그때 '사법형 그룹홈'을 제도화해야겠다고 결심했다. 불러 주는 곳이면 그곳이 어디든 마다하지 않고 찾아갔고, 독지가의 도움을 받아서 국회의원들에게 친필 서명이 담긴 책과 편지를 보냈다. 백방으로 노력한 끝에 국회입법조사처로부터 사법형 그룹홈의 입법에 참고할 자료를 달라는 요청까지 받았다. 그 결과 2014년 9월 한 국회의원이 사법형 그룹홈을 '아동복지법' 상의 시설로 하는 아동복지법 개정안을 발의했고, 그로부터 얼마 후 다른 의원들이 사법형 그룹홈을 '청소년복지지원법'상의 시설로 하는 입법 발의를 했다. 그리고 19대 국회 회기 마지막 날인 2016년 5월 29일, '청소년복지지원법'의 개정으로 청소년회복센터가 '청소년회복지원시설'로서 공식적인 지위를 얻기에 이르렀다.

이러한 지난 8년간의 성과는 아무런 조건 없이 도움의 손길을 내밀어 주고, 때로는 나를 대신하여 비난을 감수해 준 위대한 시민들이 있었기에 가능했다. 존재감도 없던 무명의 시골 판사 이야기에 귀를 기울여 주고 함께해 준 수많은 이들에 대한 고마움을 이루 다 갚을 길이 없다.

청소년회복센터와 관련해 최종적으로 남아 있는 과제는 국가적 차원에서의 예산 지원이다. 현재 청소년회복센터는 법원에서 지급되는 '교육비'와 소년사건의 '국선보조인 수당'과 시민들의 '후원금'으로 겨우 운영되고 있다. 센터 운영자들에 대한 급여는 지급할 엄두조차 내지 못하고 있다. 그들은 이른바 '열정페이'로 버티고 있다고 해도 과언이 아니다. 미국, 일본, 독일뿐만 아니라 심지어 뉴질랜드와 비교해도 소년들에 대한 대우가 터무니없이 낮은 형편이다.

19대 국회 회기가 끝나갈 무렵 마지막 임시회의를 앞두고 청소년복지지원법 개정에 반대하던 기획재정부의 요구에 어쩔 수 없이 국가적 지원을 받지 않아도 된다고 약속은 했지만, 그래도 최종적으로 아동들을 보호해야 할 기관은 국가이다. 가정에서도 손을 놓고, 학교와 사회마저도 극도의 혐오감으로 소외시키고 있는 비행소년들을 비행에서 벗어나게 해 줄 최소한의 도움조차 외면하는 국가가 있다면, 그 국가는 자신의 중차대한 임무인 '정의', 특히 '배분적 정의'의 실현을 태만히 하고 있는 것이라고 할 수밖에 없다. 또 개인이 국가를 대신하여 자금과 시간을 투입하여 비행소년들의 재범 예방 임무를 수행하고 있는데, 정작 그 임무를 수행해야 할 국가는 범죄 예방을 위해 걷은 세금을 쓰지 않고도 범죄 방지 효과를 고스란히 누리고 있으니 이중으로 이득을 누리고 있다고 할 수 있다. 이러한 부당한 상황은 빠른 시일에 해결되어야 한다. 이는 우리 사회의 정의 실현에 있어 마지막 퍼즐을 맞추는 의미 있는 일이기 때문이다.

물론 어려운 이들을 구제하는 임무를 국가에게만 떠맡길 수는 없다. 사회적 가치에 대한 모든 분배 요구를 정의의 요구로 받아들일 수는 없기 때문이다. 아무리 배가 고파도 제과점에 가서 공짜로 빵을 요구할 수 없는 것처럼, 개인의 '필요'에서 비롯된 사회적 가치의 분배 요구는 현행 사회 질서 내에서 정의의 요구로 받아들일 수 없다. 부탁이나 요청을 하였음에도 아무도 관심을 보여 주지 않고 차가운 반응만 돌아온다면 서러움을 느끼는 게 인지상정이겠으나, 이러한 요청을 받아들이지 않는다고 하여 정의롭지 않은 사회라고 할 수는 없다. 만약 배고픈 사람을 가엾게 여긴 제과점 주인이 빵을 나누어 주더라도 그것은 그 사람에게 받을 만한 권리가 있거나 정당한 요구를 했기 때문이 아니라, 단지 은혜를 받은 것에 불과하다. '호의가 계속되면 권리인 줄 안다.'는 말처럼 다른 누군가에게 은혜를 구하는 것은 권리도 아니고, 정의의 요구도 아니며, 그저 은혜에 감사할 수 있는 조건일 뿐이다.

그러나 어려움에 처한 사람들을 그대로 방치하는 것은 사회 공동체가 그 임무를 다하지 않는 것이다. 어려움에 처한 사람, 즉 은혜를 요청하는 사람은 그렇게 할 수밖에 없는 자신의 처지에 서러움과 비참함을 느끼게 마련이다. 그러한 감정을 해소해 줄 수 있는 길은 은혜의 요청에 대해 그것을 권리로 인정하지는 않더라도 '정의의 의무'로 응대하는 것이다. 이러한 이념을 반영하는 것이 기독교 성경의 '체다카(Tzedakah, 정의)'이다. 복지제도를 세밀하게 정비해 나가고, 미비한 복지제도에 대해서는 사회 구성원들이 자발적으로 나서 자선을 베푸는 등으로 공백을 메워 나가는 것이 바로 체다카의 정신이다. '고아와 과부와 나그네와 옥에 갇힌 자와 장애인과 병자'로 대표되는 사회적 약자들에게 사랑을 실천하라는 체다카 정신이야말로 오늘날 우리 사회에 꼭 필요한 정신이 아닐까?

다시 한 번 강조하지만 비행소년도 청소년이고, 청소년은 우리 사회의 미래를 이끌어 갈 주역들이다. 잘못했을 때 엄벌에 처함으로써 사법 정의를 실현하는 것도 필요하지만, 이들이 응당한 처벌을 받은 뒤에는 잘못을 뉘우치고 새로운 삶을 살 수 있도록 배려하고 지원하는 일 역시 사회정의를 실현하는 일이다. 소년범의 대부의 메시지가 허위가 아니라 사실이었다는 보도가 나오게 될 날을 손꼽아 기다린다.